POUR DEVENIR
UN ARTISTE

SOCIÉTÉ ANONYME D'IMPRIMERIE DE VILLEFRANCHE-DE-ROUERGUE
Jules BARDOUX, Directeur.

MARIUS VACHON

POUR DEVENIR
UN ARTISTE

=MAXIMES
CONSEILS·
ET·EXEMPLES·
=D'APRÈS·LES·MAITRES·
FRANÇAIS·CONTEMPORAINS

50 Illustrations
par
A·HOTIN

Broché, **3** fr. **50**
Relié toile, **5** fr.

RAIRIE·CH·DELAGRAVE·15·RUE·SOUFFLOT·PARIS.

MARIUS VACHON

MEMBRE DU CONSEIL SUPÉRIEUR DE L'ENSEIGNEMENT TECHNIQUE
LAURÉAT DE L'ACADÉMIE DES BEAUX-ARTS

POUR DEVENIR
UN ARTISTE

MAXIMES, CONSEILS, ET EXEMPLES

D'APRÈS LES MAITRES FRANÇAIS CONTEMPORAINS

50 illustrations par A. HOTIN

PARIS

LIBRAIRIE CH. DELAGRAVE

15, RUE SOUFFLOT, 15

AVERTISSEMENT

J'offre ce livre aux jeunes gens qui sont entrés dans la carrière artistique.

C'est une sorte de manuel professionnel et de morale en action.

On n'y trouvera pas des théories générales d'esthétique.

Il ne contient que des maximes positives, des conseils techniques et moraux, donnés par les maîtres eux-mêmes ; et des exemples pratiques tirés de leur œuvre et de leur vie.

Pour être vraiment utiles, des maximes, des conseils, et des exemples, en cette matière, doivent correspondre, avec précision, aux conditions actuelles de la carrière artistique, telles que les ont créées nos mœurs et nos idées.

Il n'est donc question dans ce livre que des artistes de notre temps et de notre pays.

M. V.

THÈME DU LIVRE

PREMIÈRE PARTIE

**Devoirs de l'artiste envers lui-même ;
Vertus privées.**

LA VOLONTÉ ; — L'ÉNERGIE ;
LA PATIENCE ; — LA PHILOSOPHIE ;
L'AMOUR DU TRAVAIL ; — LA DISCIPLINE ;
LA SANTÉ.

La VOLONTÉ est la base de la vie artistique.

L'ÉNERGIE est l'expression de la force physique et de la force morale.

La VOLONTÉ et l'ÉNERGIE ont comme moyens d'action :

Au point de vue moral, la PATIENCE, la PHILOSOPHIE, l'AMOUR DU TRAVAIL, et la DISCIPLINE.

Au point de vue physique, la SANTÉ.

DEUXIÈME PARTIE

**Devoirs de l'artiste envers son métier ;
Vertus professionnelles.**

LA SCIENCE TECHNIQUE ; — LA CONSCIENCE PROFESSIONNELLE ;
L'ORDRE ET LA MÉTHODE ;
L'OBSERVATION ; — LE SENS DE LA VIE ;
L'IDÉAL ; — DU CŒUR ET DE L'AME ;
LA JOIE DANS LE TRAVAIL ;
L'AMOUR DE LA NATURE ; — LE CULTE DU PAYS NATAL ;
LA CULTURE DE L'ESPRIT ; — L'ÉTUDE DES MAITRES ;
LES VOYAGES ;
LA PERSONNALITÉ.

Le premier devoir professionnel de l'artiste est d'apprendre à fond son métier, soit d'acquérir la SCIENCE TECHNIQUE.

La SCIENCE TECHNIQUE doit être fortifiée par l'acquisition de vertus professionnelles, qui sont à la fois d'ordre intellectuel et d'ordre moral : La CONSCIENCE PROFESSIONNELLE, l'ORDRE et la MÉTHODE, l'OBSERVATION, le SENS DE LA VIE, DU CŒUR ET DE L'AME.

Tout cela produit la JOIE DANS LE TRAVAIL.

Mais, pour devenir un artiste dans la plus haute acception du terme, il faut encore avoir l'AMOUR DE LA NATURE, le CULTE DU PAYS NATAL, et CULTIVER SON ESPRIT PAR L'INSTRUCTION.

Enfin, l'ÉTUDE DES MAÎTRES et les VOYAGES compléteront la formation de l'artiste, et développeront, par les exemples les plus éloquents, la pratique des vertus professionnelles.

Et c'est ainsi que l'artiste acquerra la PERSONNALITÉ, la condition primordiale du succès dans la carrière artistique.

TROISIÈME PARTIE

Devoirs de l'artiste envers la société; Vertus sociales.

LE GOUT DE LA SOLITUDE; L'ORGUEIL DU MÉTIER ; — L'INDÉPENDANCE; LE CULTE DE L'AMITIÉ.

L'artiste doit avoir le GOUT DE LA SOLITUDE, dans laquelle seulement il peut méditer et produire son œuvre.

L'ORGUEIL DU MÉTIER et l'INDÉPENDANCE sont les moyens les plus sûrs pour un artiste de se faire dans le monde la place à laquelle il a droit, d'inspirer à tous la sympathie, la déférence, et le respect.

Dans le CULTE DE L'AMITIÉ, l'artiste enfin trouvera une source de joies profondes, et, dans les relations que l'amitié entretient, les occasions de se perfectionner constamment.

PREMIÈRE PARTIE

DEVOIRS DE L'ARTISTE ENVERS LUI-MÊME; VERTUS PRIVÉES.

CHAPITRE PREMIER

La volonté.

— La volonté est la faculté première de l'artiste, la faculté la plus nécessaire au développement de sa vocation, et à l'exercice de sa profession.

— Qui ne veut pas est destiné à la mort physique et intellectuelle.

— Le plus fort dans la vie est celui qui veut le plus et le mieux, c'est-à-dire résolument et irréductiblement.

— Qui veut une chose, qui la veut bien, qui la veut toujours, finit par l'obtenir envers et contre tout et tous.

— L'homme qui veut s'impose irrésistiblement.

— Le monde a le respect de l'artiste qui a de la volonté et de l'énergie, c'est-à-dire de la race.

— Celui-là seul, parmi les artistes, est grand et fort, qui s'impose aux autres au lieu de les subir, qui s'impose à lui-même au lieu de se subir, et qui, du même effort de volonté, étouffe à la fois ses propres découragements et les résistances extérieures.

— La volonté prépare la conception de l'œuvre d'art, en excitant l'esprit sur l'idée qu'elle lui insuffle; et, dans l'exécution, la volonté fait l'œuvre suggestive d'émotion, par le spectacle de l'effort réalisé.

— La volonté est l'expression de la vocation, indispensable pour aborder la carrière artistique, en apparence facile, agréable et fructueuse, en réalité très pénible, très dure, et féconde en souffrances et en déceptions.

——— ✿ ———

Avec de la volonté, de l'énergie et de la conscience, un artiste peut résoudre, dans une certaine mesure, les difficultés d'exécution que crée l'insuffisance d'un métier appris trop tard.

E. Barrias.

Je me rappellerai éternellement la nuit de mon départ, cette nuit froide et pluvieuse qui m'a emporté dans sa tristesse et dans son obscurité ; en passant devant la statue du général Travot (à la Roche-sur-Yon), je me suis juré, la main sur la poitrine, avec exaltation, de revenir homme et avec du talent... Au lieu de me dégoûter, les obstacles m'excitent et me font cabrer ; je les saute d'un seul bond.

Paul Baudry.

Vouloir toujours, vouloir quand même.

Carpeaux.

Vouloir, c'est pouvoir : c'est l'axiome de toute ma vie ; j'ai toujours voulu.

Meissonier.

On croit qu'on me fera courber, qu'on m'imposera l'art des salons : eh bien, non ; paysan je suis né, paysan je mourrai. Je veux dire ce que je sens. J'ai des choses à raconter comme je les ai vues, et je resterai sur mon terroir sans reculer d'un sabot, et, s'il le faut, je combattrai encore pour l'honneur.

J.-F. Millet.

Le vrai artiste, se détachant de toute idée de lucre, se crée une vie aussi simple et aussi modeste que possible pour pouvoir, au prix souvent de grandes souffrances et de grandes privations, poursuivre avec acharnement la recherche de l'idéal artistique qui est pour lui le seul but de la vie.

RoTY.

Un dimanche d'été, à Dijon, en sortant de la boutique de son père, poêlier, le petit Rude voit une foule endimanchée s'engouffrer dans le Palais des États. Avec la curiosité innée de l'enfance, il y entre lui aussi. On distribue les prix aux élèves de l'école de dessin de Devosge. Le jeune garçon entend prononcer plusieurs discours, qui tous expriment les avantages d'une instruction artistique pour les ouvriers. L'éloquence des orateurs le convainc. Il se dit : « Si j'allais prier M. Devosge de me recevoir à son école? » De retour à la maison, il conte à son père ce qu'il vient de voir et d'entendre, et lui fait part de son désir d'entrer à cette école. « Tu perds la raison, répondit le poêlier ; nos affaires ne vont pas déjà si bien, je n'ai pas besoin chez moi d'un artiste pour qu'elles aillent plus mal encore. — Mais, père, répliqua le petit Rude, tu ne sais donc pas que le dessin est utile à tout le monde ; on nous l'a très bien expliqué tout à l'heure à l'académie... ; et rien que pour l'ornementation de nos cheminées à la prussienne... » Le père se contenta de hausser les épaules, et l'on parla d'autre chose ce soir-là. Mais le petit Rude tenait à son idée ; il ne manqua pas une occasion de revenir sur son désir d'entrer à l'école de Devosge. Enfin, un jour, las des réclamations incessantes de son fils, le père lui dit : « Allons, fais à ta guise ; mais souviens-toi bien que je te défends d'être un artiste ; et ne vas à l'académie qu'à tes moments perdus. Je ne peux faire de toi qu'un ouvrier poêlier. » Le lendemain, le futur auteur du *Départ* de l'Arc de triomphe de l'Étoile se faisait inscrire sur les registres de l'école, d'où Prud'hon était déjà sorti.

＊＊

A vingt ans seulement, David d'Angers put vaincre les résistances de son père à le laisser aller à Paris pour tenter la fortune artistique, suivant sa vocation. Le vieux maître sculpteur qui l'occupait comme apprenti lui prêta quarante francs. David gagna Chartres par la voiture publique, et, de là, Paris à pied. En franchissant la barrière de la Conférence, il avait neuf francs dans sa poche. A ce moment, l'Arc de triomphe de l'Étoile était un vaste chantier d'ornemanistes et de sculpteurs; le jeune homme s'y fit embaucher à vingt sous par jour comme ravaleur. Bien souvent, il eut à souffrir de la faim, par suite de la modicité de ce salaire; mais peu lui importait : il était à Paris, et il voulait, de plus en plus, devenir un grand artiste. S'instruisant, le soir, et apprenant tout seul le dessin, David pouvait se faire recevoir peu de temps après comme élève dans l'atelier d'un sculpteur.

＊＊

Simart, l'auteur de la fameuse restitution de la *Minerve du Parthénon* et du fronton du pavillon Denon, au Louvre, travaillait comme apprenti dans l'atelier de menuiserie de son père, à Troyes; mais il occupait ses loisirs et ses veillées à sculpter sur bois des figurines, à dessiner d'après les images qui lui tombaient sous la main; et il manifestait l'ambition de devenir un jour statuaire. Son père n'était point hostile à ces occupations; mais sa mère, qui gouvernait la maison, n'entendait point de cette oreille et tenait à ce que le garçon, en tant qu'aîné de la famille, suivît le métier paternel, afin de garder l'atelier de menuiserie. Pour arriver à ses fins et décourager le sculpteur en herbe, elle décida de frapper un grand coup. Le jour de l'Ascension, elle convoqua toutes les commères du voisinage dans sa

RUDE

SCULPTEUR
1784-1855.

PRINCIPALES ŒUVRES

Le Départ
(Arc de triomphe de l'Étoile);

Monuments de Napoléon, à Fixin (Côte-d'Or);
de Godefroy Cavaignac, au cimetière Montmartre, de Paris;
de Cartelier, au Père-Lachaise, de Paris;

Mercure rattachant ses talonnières; — Hébé et l'Aigle de Jupiter;
Jeune Pêcheur napolitain; — Jeanne d'Arc;

Statues du maréchal Ney, du maréchal Bertrand, et de Gaspard Monge.

maison, autour d'une table sur laquelle elle avait entassé les dessins de son fils, et leur dit : « Charles a perdu la raison ; il veut devenir un artiste ; mais c'est un métier de misère ; je le sauverai malgré lui. » Les commères opinèrent du bonnet. Alors, elle jeta dans la cheminée tous les dessins. Puis, se précipitant dans l'atelier de menuiserie, elle ramassa les morceaux de sculpture, les empila dans la cour, et mit le feu au tas. Lorsque, en rentrant, le jeune Simart constata l'autodafé, il fut pris d'une crise de larmes et courut s'enfermer dans sa chambre. Là, il écrivit à sa mère une lettre, dans laquelle il lui disait qu'ayant la conscience de n'avoir jamais manqué à ses devoirs d'apprenti, d'avoir toujours obéi à son père, il ne comprenait pas que ses parents aient pu trouver mauvais qu'il se fût occupé, en dehors de son travail, à dessiner et à sculpter ; il déclarait qu'il était décidé à suivre une vocation qu'il sentait irrésistible, tout en ajoutant que dans sa décision irrévocable il n'entrait aucun sentiment de mépris pour la profession paternelle. Et, pour donner plus de poids à sa déclaration, il signait en trempant la plume dans son sang. Cette lettre émut à un tel point la mère qu'elle laissa son fils libre de faire ce qui lui plairait. Peu de temps après, le jeune Simart entrait à l'école de dessin de la ville, et il y obtint un succès si complet que le conseil municipal lui vota une subvention de trois cents francs pour qu'il pût se rendre à Paris, afin d'y compléter ses études, et y apprendre le métier de sculpteur chez un maître en renom.

Baltard, le futur architecte des Halles centrales de Paris, revenait, en 1838, de Rome ; il avait rempli ses quatre années de pensionnat à l'Académie de France de travaux importants qui devaient former une publication précieuse, sous le titre de *Monographie de la villa Médicis,* et qu'il compléta par un séjour périlleux dans les Pouilles et la Calabre, consacré à l'étude et aux relevés des monuments anciens. A ce moment, le gouvernement de Louis-Philippe

ouvrit un concours pour le tombeau de Napoléon aux Invalides. Le jeune artiste y prit part et obtint le premier
prix. Mais le gouvernement, prenant prétexte de la jeunesse du lauréat, cassa le jugement et choisit Visconti,
alors très en cour; le lauréat ne reçut qu'une médaille
d'or commémorative de son infructueux succès.

Baltard était sans fortune et sans protection; mais il
était taillé pour la lutte, et il avait au plus haut degré de
la volonté. Au lieu de récriminer et de perdre son temps
en doléances inutiles, il accepta la très modeste et peu ré-
munératrice fonction de sous-inspecteur à la Halle aux vins
de Paris, il vendit la médaille d'or pour se procurer quelques ressources, et il se mit courageusement à la besogne
professionnelle, ne la jugeant pas au-dessous d'un architecte qui veut apprendre à fond la pratique de son métier.
De la Halle aux vins, il passa bientôt à la Barrière du
Trône, comme inspecteur; en 1841, il fut chargé de la
restauration de Saint-Germain des Prés; et, en 1847, Gui-
zot lui confiait la construction de l'Hôtel du Timbre, qui
assit solidement sa réputation d'architecte. La volonté
indomptable du jeune artiste, servie par une prodigieuse
puissance de travail, avait triomphé définitivement du
mauvais sort et de l'injustice, qui auraient, peut-être, de
tout autre moins bien trempé, fait un révolté et un dévoyé.

※

Petit paysan de Fourquevaux, dans le Lauraguais,
élevé à l'école buissonnière, des livres n'aimant que les
images, Jean-Paul Laurens avait vu des peintres italiens
barbouiller des madones et des saints dans l'église de son
village, a conté son vieil ami d'enfance, Ferdinand Fabre;
il intrigua habilement pour être admis auprès d'eux pendant leur travail. Le démon de l'art le tentait. La peinture
de ces pauvres diables, — dont le chef, au nom sonore
de Buccaferrata, était un simple ancien modèle de l'École
des beaux-arts de Toulouse, qui avait appris son métier
en regardant les élèves peindre d'après lui, — toute gros-

JEAN-PAUL LAURENS

PEINTRE

né en 1838.

PRINCIPALES ŒUVRES

La Mort de sainte Geneviève
(Panthéon);

La Voûte d'acier; — Louis VI donnant aux Parisiens leur première charte;
Étienne Marcel et le Dauphin; — Jean Desmarets et les maillotins;
Anne Dubourg et Henri III; — L'Arrestation du conseiller Broussel
(Hôtel de ville de Paris);

Le Siège de Toulouse par Simon de Montfort; — Le Lauraguais
(Grande galerie du Capitole, à Toulouse);

L'État-major autrichien devant le corps de Marceau;
Le Pape Formose; — L'Interdit; — La Répudiation; — Les Emmurés;
Torquemada; — Le Saint-Office; — L'interrogatoire.

sière qu'elle fût, révéla un monde nouveau à l'imagination de l'enfant, que déjà les pauvres gravures des Heures de sa mère avaient longtemps enchanté et fait rêver. Il tombe en extase, et s'écrie, laissant éclater le trop-plein de son âme : « C'est beau, c'est bien beau ! » Alors, s'engage le dialogue suivant entre le petit paysan, ravi d'écouter un artiste, et le peintre flatté de cet enthousiasme spontané :

« Aimerais-tu d'être peintre ?

— Oh ! si mon père le voulait !

— Mais, le veux-tu, toi ?

— Oh ! oui, Monsieur !

— Où est ton père ?

— Aux champs.

— Et ta mère ?

— Elle est morte.

— Justement, nous avons besoin d'un apprenti. Allons trouver ton père ! »

Le lendemain, Buccaferrata engageait Jean-Paul.

« Laissez faire l'enfant, il sait ce qu'il veut, » répondit gravement le père aux membres de la famille qui essayaient de le détourner de donner son consentement.

Dans la compagnie de ces ouvriers, au nombre de trois, violents, grossiers, joueurs et ivrognes, courant constamment la campagne sur une charrette que traînait une haridelle, ce que fut l'existence du pauvre apprenti, doux et timide, intelligent et laborieux, on ne peut l'imaginer. Il souffrit toutes les douleurs, toutes les misères de l'âme et du corps, pendant deux ans ; mais il voulait devenir un peintre. Et, lorsqu'il fait un retour sur le passé, qu'il rêve à son cher Fourquevaux, à la maison paternelle, si douce encore malgré l'absence de la mère, ce n'est pas pour se plaindre des mauvais traitements qu'il a subis, c'est pour répéter avec désespérance : « Quand je songe que je marche sur mes seize ans, qu'on ne m'enseigne rien ici, et que je n'en sais pas plus long qu'à mon départ de Fourquevaux !!! » Une nuit, après avoir bien réfléchi, il résolut de prendre la fuite ; et, de Gajan, dans l'Ariège, où travaillaient ses maîtres, il regagna Toulouse à pied, hospitalisé sur sa route par les aubergistes qui ont pitié de sa jeunesse, de sa fatigue, et de sa faim ; et là, il apprit enfin son métier.

***

Le *Monument aux morts,* de Bartholomé, au Père-Lachaise, constitue un des plus beaux témoignages de la force de la volonté dans l'exécution d'une œuvre d'art. C'est spontanément, sous l'inspiration d'une haute idée sociale, que son auteur en conçut le projet, audacieux à tous les points de vue. L'œuvre devait être de proportions colossales ; sa préparation exigerait de longues années d'un travail acharné et exclusif. Et, le modèle achevé à grands frais, la Ville de Paris ou l'État, seul, pourrait en faire la commande fort coûteuse. Or, l'artiste est un sculpteur inconnu, sans relations ni clientèle, que ne recommande aux administrations publiques aucune création importante antérieure. Toutes les conditions d'un échec certain semblaient donc réunies. Bartholomé n'hésita point cependant à entreprendre cette œuvre ; et il résolut de s'y consacrer tout entier, corps et âme. De 1887 à 1894, a duré la préparation du modèle. Afin de se maintenir constamment dans une production régulière et strictement déterminée, l'artiste s'était imposé la tâche d'exposer chaque année, au Salon, une série de figures fragmentaires. Lorsque, en 1895, il montra en entier le monument, le public et la critique furent unanimes à en admirer et louer l'idée poétique et la forme originale. L'État et la Ville de Paris s'entendirent pour l'ériger au Père-Lachaise. L'exécution définitive dura trois années, pendant lesquelles Bartholomé s'enferma, par toutes saisons, dans une baraque en planches, pour tailler lui-même ses figures dans la pierre, et donner ainsi à son œuvre le caractère de personnalité et d'énergie qui en fait la puissance et la beauté.

***

La plupart des grands artistes du dix-neuvième siècle sont nés dans une condition sociale qui n'était guère favorable à l'éclosion de leur vocation. Ils n'ont réussi à aborder la carrière artistique qu'à force de volonté, soit qu'ils aient eu à lutter contre les résistances de leurs parents, soit que la pauvreté de leurs familles ait accumulé les difficultés de tous genres, faisant obstacle à la réalisation de leurs rêves juvéniles.

Nombreux sont les fils de paysans qui n'avaient, pour faire vivre leurs enfants, que le fruit de leur travail quotidien, ingrat et pénible : Gleyre, Perraud, Henner, J.-F. Millet, Chapu, Bastien Lepage, Denis Puech, Félix Charpentier.

Plus nombreux encore sont les enfants d'ouvriers de villes ou de campagnes, vivant modestement, et le plus souvent misérablement, des maigres salaires d'un métier, précaires, pénibles, dangereux, et aux chômages fréquents : Prud'hon, fils d'un tailleur de pierres ; Brascassat, fils d'un tonnelier ; Simart, fils d'un menuisier ; Carpeaux, fils d'un maçon ; Augustin Dupré, fils d'un cordonnier ; Henri Lemaire, fils d'un tailleur d'habits ; Paul Baudry, fils d'un sabotier ; Daumier, fils d'un vitrier ; Barye, fils d'un ouvrier bronzier ; Hippolyte Flandrin, fils d'un tisseur de soieries ; Cartelier, fils d'un sculpteur sur pierre ; Boudin, fils d'un pilote ; David d'Angers, fils d'un sculpteur sur bois ; Cabanel, fils d'un menuisier ; Falguière, fils d'un maçon ; Vollon, fils d'un manœuvre ; Charles Garnier, fils d'un forgeron en voitures ; Dalou, fils d'un ouvrier gantier ; Ernest Barrias, fils d'un peintre sur porcelaines.

CHAPITRE II

L'énergie.

— L'énergie est le plus haut degré de la volonté.

— L'énergie est la force physique et la force morale en action.

— Les difficultés et les obstacles font la force morale et la force physique.

— Il faudrait inventer les difficultés et les obstacles, s'ils n'existaient pas.

— La souffrance est un lest qui empêche l'artiste de se perdre, comme un ballon délesté, dans les hauteurs du ciel où l'on ne respire plus.

— La lutte dirige du côté de la réalité l'imagination de l'artiste, qui a constamment des tendances à s'en écarter.

— Ne jamais renoncer à lutter, alors même que la lutte semble impossible.

— Ne jamais désespérer, alors même qu'on n'espère plus.

— Manger de la vache enragée est la preuve d'un organisme humain supérieur.

— Ne pas se laisser décourager par la misère des débuts dans la carrière artistique. Presque tous les grands artistes ont commencé par être très malheureux ; mais ils ont lutté avec énergie, leur situation s'est peu à peu améliorée, et la fortune leur est venue, souvent avec la gloire.

Si parfois l'étude est aride, si la traduction n'est pas à la hauteur de votre conception, ne vous laissez pas aller au découragement, n'ayez pas pour vous-mêmes de lâches complaisances. Rappelez-vous le mot de Napoléon écrivant à son frère : « Ne redoute pas la fatigue : il n'y a que ceux qui la méprisent qui deviennent quelque chose. »

BONNAT.

L'homme vraiment appelé ne redoute pas les obstacles, parce qu'il sait pouvoir les surmonter ; ils sont même souvent pour lui un véhicule de plus ; la fièvre qu'ils peuvent exciter dans son âme n'est point perdue ; elle devient même souvent la cause des plus étonnantes productions. Je dis bien plus : si les obstacles et les difficultés rebutent un homme médiocre, ils sont, au contraire, nécessaires au génie et comme son aliment ; ils le mûrissent et l'exaltent ; il serait resté froid dans une route facile. Tout ce qui s'oppose à la marche dominante du génie l'irrite et lui procure cette fièvre d'exaltation qui renverse et domine tout, et produit les chefs-d'œuvre.

GÉRICAULT.

Souvenez-vous que le courage dans la lutte est la première affirmation de la personnalité.

J.-P. LAURENS.

Je ne suis pas un philosophe, je ne veux pas supprimer la douleur ni trouver une formule qui me rende stoïque et indifférent. La douleur est, peut-être, ce qui fait le plus fortement exprimer les artistes.

J.-F. MILLET.

Il n'est pas mauvais d'avoir commencé par balayer l'atelier.

J'ai eu une enfance et une adolescence assez rudes, comparables à celles des fils d'ouvriers qui sont obligés de se suffire et d'envisager les charges et les devoirs de la vie. Ce qu'il y a en moi de sérieux et de grave vient de ces premières épreuves. Elles m'ont appris à mesurer mes forces.

RODIN.

Il faut s'attendre à tout dans ce métier-là ; quand on a bu le calice d'amertume, il faut se dire : « Eh bien, demain on crachera dedans ; après-demain on m'en salira la face. » Faire de l'art pour l'art, c'est rouler le rocher de Sisyphe. Quant à moi, je m'attends à tout, rien ne me surprendra. Je ne forme qu'un souhait, c'est de conserver ma main et de pouvoir rêver les yeux ouverts.

TH. ROUSSEAU.

La plupart des grands artistes, afin de pouvoir se préparer à suivre leur vocation, et pour vivre, ont dû, faisant ainsi acte constant d'énergie, se livrer à des travaux précaires, pénibles ou bizarres, sinon commencer par la pratique la plus vulgaire et la plus dure de la profession.

En sortant de l'école primaire, Raffet entra en apprentissage chez un tourneur en bois du faubourg Saint-Antoine. Il devint rapidement un excellent ouvrier ; et, à dix-huit ans, il pouvait prélever sur son salaire de quoi payer les cours d'une petite école de dessin de quartier.

A Paris, de retour de Rome, après des travaux d'art assez importants, Prud'hon en fut réduit, pour nourrir sa femme, à faire pour un papetier des en-têtes de lettres, des cartes commerciales, des vignettes de bonbonnières, etc.

En 1818, Charlet dut se mettre au service d'un peintre

MONUMENT DE RAFFET
PEINTRE ET DESSINATEUR
1804-1860
(Jardin du Louvre).

———

PRINCIPALES ŒUVRES

Souvenirs d'Italie ; — Siège de Rome ; — Épisodes du siège d'Anvers ;
Voyage dans la Russie méridionale et le Caucase ;
Les deux Sièges de Constantine ; — L'Expédition des Portes de fer.

d'enseignes, du nom de Jubel. Son patron l'employa immédiatement à décorer l'auberge des Trois-Couronnes, à Meudon; et le futur peintre des grognards de Napoléon brossa, sur les volets des fenêtres, des brioches, des lièvres, des lapins, des canards, etc.

A ses débuts d'artiste, à Cherbourg, J.-F. Millet peignit des enseignes; il fit notamment une *Petite Laitière* pour un magasin de nouveautés, un cheval pour un vétérinaire, une scène de la conquête de l'Algérie pour un saltimbanque, qui la lui paya trente francs en monnaie de gros sous. Les personnages de la ville qui s'étaient intéressés à lui, en considération de ses aptitudes artistiques, l'abandonnèrent, déclarant hautement qu'ils ne voulaient pas encourager un vulgaire peintre d'enseignes.

Dans sa première jeunesse, Daubigny brossa des tableaux pendules pour un horloger de la rue Portefoin, à Paris, des vignettes de prospectus pour des commerçants, et fut employé à l'ornementation des panneaux et des portes de plusieurs salles du musée de Versailles.

Robert Fleury, le peintre du *Colloque de Poissy*, se trouva, dès son enfance, dans le dénuement le plus profond, par suite de la pauvreté de sa famille. Il dut, pour vivre, entrer comme apprenti chez un peintre en voitures. Celui-ci, lui trouvant de l'intelligence et du goût, le spécialisa dans les armoiries. Le jeune ouvrier ne tarda pas à constater que son patron ne connaissait pas le premier mot de l'art héraldique, et se contentait de faire reproduire les documents que lui apportaient ses clients; il résolut d'apprendre cet art, pour être en mesure de gagner de l'argent à la fois comme dessinateur et comme peintre. Il acheta chez un bouquiniste des quais, pour cinq sous, le *Traité du blason,* s'exerça à composer des armoiries pittoresques, des écussons originaux, accostés d'animaux fantastiques, pouvant jouer les armoiries les plus historiques.

Le succès le plus complet couronna ses efforts et justifia son initiative audacieuse. Il se rendit bien vite assez indépendant, dans son travail d'atelier, pour pouvoir suivre les cours de l'École des beaux-arts.

L. de Fourcaud conte, dans une biographie de Théodule Ribot, que ce peintre fut très heureux, dans sa jeunesse, d'entrer comme teneur de livres chez un fabricant de draps d'Elbeuf; cette place le tirait d'une misère noire. Marié, et père d'un enfant, son destin le conduisit à Paris. Il se fit artisan pour nourrir sa famille. Il peignait du matin au soir, dans un atelier de marchand de glaces, des cadres à marges violettes, semées d'oiseaux; et, plus tard, un marchand de stores l'occupa à décorer des toiles de déjeuners sur l'herbe, de parties de pêche, etc.

Bracquemond a débuté dans la vie comme apprenti écuyer; il avait à nourrir lui-même sa famille : son père venait de mourir en laissant cinq enfants en bas âge; puis il fut engagé dans un atelier de lithographe. A dix-neuf ans, ayant pu suivre les cours d'une école de dessin, après sa journée de travail, il envoyait au Salon de 1852 un portrait de femme qui attira l'attention de Théophile Gautier.

En arrivant de sa province lyonnaise à Paris, où il n'avait ni protecteur, ni maître, ni amis, Ch. Roybet dut, pour vivre, faire un peu de tout : des cartons de vitraux, des dessins de perruques pour coiffeurs, des tableautins qu'il vendait au prix moyen de dix francs; quand on lui en donnait quinze, c'était du délire. Il contait, un jour, à Firmin Javel que son premier client sérieux et notable fut Ribot, que Vollon, son camarade de l'École des beaux-arts de Lyon, lui avait fait connaître. Le peintre des marmitons lui acheta un tableau représentant une bonne dans une cuisine, et le paya vingt francs. « Je n'ai jamais été si fier que ce jour-là, » ajoutait-il.

Félix Charpentier, qui a obtenu, en 1898, la médaille d'honneur de la sculpture du Salon des artistes français, a travaillé, de treize à seize ans, dans une fabrique de briques réfractaires de Vaucluse comme manœuvre. Les dimanches et le soir, après son travail, il s'amusait à modeler

J.-J. HENNER

PEINTRE

Né en 1829.

PRINCIPALES ŒUVRES

*La Chaste Suzanne : — Idylle : — Naïade : — La Créole ;
Saint Sébastien : — Fabiola ; — Dormeuse*
(Musée du Luxembourg) ;

Décoration de l'hôtel Sédille, à Paris ;

Portraits de Feyen Perrin, du général Chanzy,
de Ravaisson, Ch. Hayem, Mᵐᵉ Karakehia.

d'instinct des petites figurines en terre, qu'il distribuait à ses camarades et aux gens du village. Un compatriote, élève de l'École des beaux-arts d'Avignon, ayant vu ces essais, en informa ses maîtres, qui firent venir le jeune briquetier et lui donnèrent le conseil d'entrer à l'école. Trois ans après, le Conseil général du département l'envoyait à Paris comme boursier, avec une pension de trois cent cinquante francs par an. Charpentier s'engagea dans un atelier de praticien, et put ainsi suffire aux frais de ses études à l'École des beaux-arts.

Falguière fut employé, comme apprenti et comme ouvrier, chez un peintre plâtrier, avant d'entrer à l'École des beaux-arts de Toulouse.

Roty, le grand médailleur, a commencé sa carrière artistique en dessinant des coins de mouchoirs pour un magasin de blanc du quartier du Sentier, à Paris.

Dans les *Souvenirs et Entretiens* de Meissonier, je lis le récit de cette conversation du grand peintre avec sa femme : « Puisqu'on vient de m'envoyer une nouvelle édition des *Misérables,* relis-m'en un peu. Ces passages de la misère de Marius me rappellent la mienne,... mes dîners à vingt centimes, un mauvais bol de bouillon, et un peu de pommes de terre frites achetées en sortant... Mais le tout était assaisonné de conversations en plein idéal, avec mes amis... Nous ne nous occupions que d'art et de sentiment. »

Pendant les premières années qu'il habita Paris, après son retour de Rome, Chapu fut obligé de faire de l'art industriel pour vivre ; il modelait pour des bronziers du Marais des pendules, des ornements de meubles. O. Fidière rapporte une anecdote plaisante de cette époque de la vie du célèbre sculpteur. Un charcutier du boulevard

Saint-Germain fit demander, un jour, au jeune artiste s'il voulait lui modeler en saindoux un sanglier qu'il avait l'intention d'exposer à la devanture de sa boutique aux approches du jour de l'an. Le prix demandé parut trop élevé au charcutier, qui finit par proposer à Chapu, pour toute rémunération, l'œuvre elle-même, qu'il pourrait reprendre après le 1er janvier. La mère de l'artiste, bonne ménagère, goûta fort cet arrangement, qui l'approvisionnait de saindoux pour tout l'hiver; elle décida son fils à accepter, ce qui fut fait.

Petit paysan, J.-J. Henner faisait tous les jours, par tous les temps, le voyage de son village, Bernwiller, à Altkirch, soit quatre bonnes lieues, pour aller étudier chez un professeur de dessin. Venu à Paris, pendant l'hiver de 1856, il passait la plus grande partie de son temps au Musée du Louvre, afin de pouvoir travailler sans mourir de froid. Il était si pauvre, — ne recevant qu'une pension de quatre cent cinquante francs de sa famille et du département, — qu'il avait dû renoncer à fréquenter l'atelier de Drolling, qui coûtait vingt francs par mois. Un camarade le sauva de la misère en le faisant entrer chez un peintre, du nom de Viennot, qui avait monté une fabrique de portraits d'après photographies pour l'exportation dans l'Amérique du Sud et aux États-Unis. Cet entrepreneur occupait un certain nombre de jeunes rapins pour l'aider dans ses travaux; il payait un habit noir, une robe de bal, douze francs; un châle des Indes, quinze francs; une décoration, une bague en brillants, cinq francs. « Avec le travail de cette fabrique, contait humoristiquement Henner à Thiébaut-Sisson, on pouvait vivre pendant un mois sans quitter l'École des beaux-arts; grâce à Viennot, pendant deux ans, j'ai fait mes trois repas par jour. »

CHAPITRE III

La patience.

— Le temps est un des facteurs essentiels dans la production des êtres et des choses.

— Le peuplier croît beaucoup plus vite que le chêne, et meurt plus vite aussi. En brûlant lentement, le chêne dégage plus de chaleur que le peuplier qui brûle rapidement.

— L'homme met vingt ans à atteindre son complet développement ; la plupart des animaux, en deux ans, reçoivent leurs formes définitives.

— Le temps se venge de ce qu'on fait sans lui.

— L'artiste fort est l'artiste patient.

— Le véritable artiste ne connaît pas l'impatience ; il ne s'irrite jamais de se voir dépasser par d'autres : il sait que la force est en lui. Si le succès ne lui vient pas encore, il pense que la cause en est qu'il n'a pas acquis tout ce qui est indispensable pour le conquérir de haute lutte. Loin de se plaindre, et moins encore de se décourager, il travaille davantage, afin de devenir plus fort, plus puissant.

— Le hasard, un heureux concours de circonstances, peut tout d'un coup attirer l'attention du public sur une œuvre d'art ; pour conserver cette attention, une série d'œuvres réussies consécutives est nécessaire.

— Un artiste ne peut s'imposer à la foule que par la continuation d'un vigoureux et long effort : c'est un effet de suggestion.

— Pour saisir un procédé, une manière, il faut peu de temps; pour saisir la vie, il faut beaucoup de volonté, d'énergie, et plus encore de patience.

— Le génie est la patience.

Je rends grâce à Dieu de ce que mes marmitons et mes chaudrons se soient d'abord si mal vendus. Cela m'a obligé à travailler davantage, et m'a sauvé de l'écueil où m'eussent jeté sans doute une vogue trop immédiate et une production trop rapide.

JOSEPH BAIL.

Il ne faut point conclure de la stagnation qui se produit, parfois, pendant de nombreuses années, chez certains artistes, à leur inaptitude professionnelle; ces artistes-là se transforment tout à coup, au moment où l'on s'y attend le moins, et rattrapent bien vite, par leurs bonds prodigieux et leurs progrès rapides, le temps perdu. Ce sont des phénomènes inexplicables de la carrière artistique.

Par contre, fort souvent, de jeunes sculpteurs arrivent, dès leurs débuts, à une habileté extraordinaire, qui étonne les maîtres; et, subitement, ils s'arrêtent et ne donnent plus rien de ce qu'ils avaient fait espérer.

E. BARRIAS.

On n'est maître que quand on met aux choses la patience qu'elles comportent. On compromet tout en se jetant à tort et à travers de son tableau. Pour peindre, il faut de la maturité.

DELACROIX.

La précocité du succès n'indique pas sa durée.

CHARLES GARNIER.

MONUMENT D'INGRES
(École des beaux-arts de Paris).

———

PRINCIPALES ŒUVRES D'INGRES

PEINTRE

1780-1867.

Homère déifié ; — Le Vœu de Louis XIII ;
Œdipe ; — La Source ; — Roger délivrant Angélique ; — Chérubini ;
Vénus anadyomène ; — Stratonice ; — Françoise de Rimini.

Comme je fais de la peinture pour la bien faire, je suis long, et, par conséquent, je gagne peu... Moi, pauvre diable, avec le travail le plus assidu et, j'ose dire, distingué, je me trouve, à trente-huit ans, n'avoir pu mettre de côté que mille écus à peine; encore faut-il vivre tous les jours. Mais ma philosophie, ma bonne conscience et l'amour de l'art me soutiennent et me donnent le courage, avec les qualités d'une excellente femme, de me trouver passablement heureux.

INGRES.

Puisque vous me parlez de modèle, je vous adjure de faire des études pour des études. Pendant les neuf ans que j'ai été refusé au Salon, je n'ai pas fait autre chose; y penser[1].

PUVIS DE CHAVANNES.

Ingres est un des plus beaux exemples de la puissance de la patience et de la ténacité. Ce ne fut qu'avec *Roger délivrant Angélique,* qu'il conquit définitivement le public : il avait trente-huit ans. Ce tableau lui apporta la réputation, non la fortune. Les quatre années qu'il passa ensuite à Florence furent des années de misère et de luttes. A quarante ans seulement, à partir du *Vœu de Louis XIII,* il connut l'aisance, fruit d'un travail aussi acharné qu'incessant.

Barye exposa pour la première fois à l'âge de trente et un ans. Cinq ans après, seulement, il montra une œuvre capitale, *le Tigre et le Crocodile,* que l'État lui achetait en 1848, quand l'artiste avait déjà cinquante-deux ans. Sa première commande officielle, celle de deux statues équestres, date de 1861. « J'ai attendu les chalands toute ma vie, disait-il

1. Lettre à un de ses élèves.

avec humour, et ils arrivent au moment où je ferme les volets. »

Le grand sculpteur avait soixante-douze ans quand l'Académie des beaux-arts lui offrit un siège à l'Institut, aux côtés de Lemaire, Jouffroy et Bonnassieux.

⁕

Corot fut décoré à cinquante ans. Il ne commença à vendre ses tableaux qu'à soixante ans, après une vie toute de labeur acharné et de souriant stoïcisme à l'égard de l'indifférence persistante de la critique et de ses contemporains.

⁕

Le gouvernement ne songea à donner la croix de la Légion d'honneur à J.-F. Millet qu'en 1868. Le grand artiste avait cinquante-quatre ans, et avait fait le *Vanneur*, le *Paysan greffant un arbre*, les *Glaneuses*, la *Tondeuse*, l'*Angélus*, la *Naissance d'un veau*, le *Paysan à la houe*, etc. En 1867, lors de l'Exposition universelle, il fut question de cette distinction ; Sensier en informa J.-F. Millet, qui lui répondit simplement : « Pour ce qui est de la croix, je vous assure que je ne me leurre point, et n'imagine même pas que je puisse l'avoir. Il ne manque d'ailleurs pas de gens plus pressés que moi et poussant à la roue plus facilement que je ne suis disposé à le faire. »

⁕

Au lendemain du triomphe du *Ludus pro patria,* qui lui valut la médaille d'honneur au Salon de 1881, — mais que ne suivit aucune commande nouvelle, contre toutes ses légitimes espérances basées sur les prévisions de la critique, unanime à louer cette décoration magistrale, et à déclarer que le devoir des mandataires publics de l'État et des municipalités leur imposait d'employer un talent aussi original, — Puvis de Chavannes écrivait à un de ses amis : « Pour moi, l'horizon est de plus en plus fermé ; il

FALGUIÈRE

SCULPTEUR ET PEINTRE

1831-1900.

PRINCIPALES ŒUVRES

Le Vainqueur au combat de coqs ; — Tarcisius ; — Les Coureurs :
Pierre Corneille ; — Saint Vincent de Paul ; — La Rochejacquelein :
Le Cardinal Lavigerie ; — Lamartine ;
Le monument de Courbet ; — Le monument de Bizet ;
La Suisse accueillant l'armée française ;
La Dormeuse ; — La Femme au paon.

n'y a rien à faire à cela que de lutter comme on peut contre l'oisiveté. Pour la combattre, j'ai essayé le portrait de
mon vieil ami Benon ; c'est un travail consciencieux qui
me permet par moments de presque oublier que d'autres
travaux m'eussent peut-être convenu. Dans tous les cas,
ne fût-ce que pour montrer à la jeunesse, prompte au
découragement, ce que peut devenir une carrière déjà
longue et qui n'a été ni stérile ni sans honneur, ma vie
n'aurait pas été perdue. »

Le peintre paysagiste Harpignies n'est entré dans la
carrière artistique qu'à l'âge de trente trois ans ; il fit ses
débuts au Salon de 1853. C'est à l'âge de soixante-dix-
huit ans qu'il a obtenu la médaille d'honneur de la Société
des artistes français, et qu'il a été élu membre de l'Académie des beaux-arts.

CHAPITRE IV

La philosophie.

— Un artiste vraiment fort a l'indifférence des événements.

— La critique pour un artiste est plus sûre, plus bienfaisante, que la louange.

— Loin de s'irriter contre la critique, l'artiste doit la solliciter.

— Sous le coup d'une critique, l'artiste sérieux s'examine, et de cet examen consciencieux il tire grand profit.

— Tout artiste doit quelque chose à ses défauts; le meilleur moyen de les connaître est la critique, qui en fait souffrir dans l'amour-propre et dans l'intérêt.

— Les ennemis! ça soutient.

— Tout artiste a sa vocation; son talent en est l'appel. Mais, de ce qu'il a obéi à sa vocation, de ce qu'il a réussi à montrer son talent, il ne s'ensuit pas que le monde lui doive le succès, la fortune et les honneurs. La réalisation de son rêve doit être pour lui la vraie récompense.

— Les succès faciles sont pour l'artiste médiocre.

— L'artiste médiocre ne lutte pas; il suit les courants d'opinions et de modes. Généralement, il réussit tout d'abord, puis il échoue constamment, et tombe enfin dans l'oubli.

En vérité, si mon heure est venue, je n'aurai pas à me plaindre. Depuis cinquante-trois ans, je fais de la peinture ; j'ai donc pu être tout entier à ce que j'aimais le plus au monde ; je n'ai jamais souffert de la pauvreté ; j'ai eu de bons parents, d'excellents amis ; je n'ai qu'à remercier Dieu.

Corot.

Il faut tout acheter : le plaisir facile n'est pas plus du plaisir que toujours du plaisir ; et les ouvrages faciles sont comme les plaisirs faciles ; ils font peu d'impression à ceux qui les regardent, et aussi à ceux qui les ont faits.

Delacroix.

Le dénigrement fait parfois des blessures cruelles à l'amour-propre ; il fait aussi rebondir violemment l'artiste et, après un instant de dépit ou de colère, le prépare mieux que toutes les louanges à la lutte de chaque jour. C'est cette lutte, en somme, qui fait vivre, qui stimule, qui agrandit l'esprit et fortifie la pensée ; et je ne sais si le créateur d'une œuvre doit espérer laisser traces de son passage ici-bas, lorsque la popularité venue des critiques n'a pas commencé par être aussi grande que la popularité venue des éloges.

Ch. Garnier.

Tout braver avec courage, ne travailler que pour plaire d'abord à sa bonne conscience, puis à peu de monde : voilà le devoir d'un artiste, car l'art n'est pas seulement une profession, c'est aussi un apostolat. Tous ces efforts courageux ont tôt ou tard leur récompense. J'aurai la mienne ; après tant de jours ténébreux arrivera la lumière.

Ingres.

Mon tableau aura la fortune qu'il mérite, il sera loué ou blâmé, je ne me préoccupe pas de cela. Je travaille pour ma satisfaction personnelle, sans jamais m'inquiéter du plus ou moins de succès qui m'attend.

J.-P. LAURENS.

Mais vous êtes jeune, vous êtes un artiste, et ceux-là seuls sont dignes de ce nom qui, le cœur brisé et saignant, trouvent dans leur art une consolation, dans leur douleur une épuration, et, le dirai-je? une occasion de grandir.

MEISSONIER.

Je continue à souhaiter seulement ceci : vivre de ma besogne et élever convenablement les miens, puis produire le plus possible de mes impressions; aussi, et en même temps, avoir les sympathies des gens que j'aime bien. Que tout ceci me soit garanti, et je me considérerai comme ayant la bonne part.

J.-F. MILLET.

Raisonnons. J'ai ou je n'ai pas de talent. Dans le premier cas, on peut éreinter mes tableaux tant qu'on voudra, ils sauront bien se défendre, et le public sera juge. Dans le second cas, des éloges immérités ne rendront pas mes ouvrages meilleurs, et personne ne se laissera prendre à ces aimables mensonges.

TH. RIBOT.

Dans les entretiens de chaque jour, que je me plais à avoir avec mes élèves, je les engage de toutes mes forces à savoir souffrir, à ne pas s'indigner trop vite, à supporter en silence les années dures des commencements et à continuer à travailler le plus possible pour devenir meilleurs, et mériter par la dignité de leur vie et la constance de leurs efforts le rang qu'ils ne peuvent manquer d'atteindre s'ils sont persistants.

ROTY.

Je me soumets d'avance aux critiques. Je veux être

GÉRICAULT

PEINTRE

1791-1824.

——

PRINCIPALES ŒUVRES

Le Radeau de la Méduse ;
Officier de la garde impériale chargeant ;
Cuirassé blessé quittant le feu ;
Un carabinier
(Musée du Louvre).

critiqué, moi! Si je ne l'avais pas été, je ne me connaî-
trais pas. Juste, la critique m'a donné des leçons; injuste,
elle m'a donné des forces. Ne suis-je donc plus assez
robuste pour me défendre contre elle? Quand je ne le
pourrai plus, alors je me cacherai tout à fait.

Que m'importent leurs injures? Et s'ils ont raison, qu'y
a-t-il de mieux à faire que de baisser la tête? Quant à
moi, je fais de mon mieux. Lorsque je quitte mon atelier
pour me reposer, je le fais la conscience pure, comme la
plus belle fille du monde qui n'a pu donner que ce qu'elle
avait.

HORACE VERNET.

Pendant son séjour à Londres, en compagnie de Géricault, raconte le colonel de La Combe, Charlet, rentrant
à l'hôtel à une heure avancée de la nuit, apprend que son
ami n'est pas sorti de la journée, et qu'on a lieu de craindre de sa part quelque sinistre projet. Depuis plusieurs
jours, il se montrait d'une tristesse navrante. Charlet va
droit à la chambre de Géricault, frappe sans obtenir de
réponse, frappe de nouveau, et, comme on ne répond pas
davantage, enfonce la porte. Il était temps. Un brasier brû-
lait encore, et Géricault était sans connaissance, étendu
sur son lit; quelques secours le rappellent à la vie. Charlet
fait retirer tout le monde, et s'assied près de son ami :
« Géricault, lui dit-il de l'air le plus sérieux, voilà déjà
plusieurs fois que tu veux mourir; si c'est un parti pris, nous
ne pouvons t'en empêcher à l'avenir, tu feras donc comme
tu voudras, mais au moins laisse-moi te donner un conseil.
Je te sais religieux; tu sais bien que, mort, c'est devant
Dieu qu'il te faudra paraître et rendre compte; que
pourras-tu répondre, malheureux, quand il t'interrogera?...
Tu n'as seulement pas diné...! » Géricault, éclatant de
rire à cette saillie, promit solennellement que cette tenta-
tive de suicide serait la dernière.

4

Au Salon de 1851, Corot, qui était déjà âgé de cinquante-cinq ans, constatant que personne ne s'occupait de son envoi, se fit cette réflexion que les hommes sont généralement des moutons de Panurge ; il en conclut que s'il s'avisait de se planter devant l'un de ses tableaux si dédaignés, en affectant de paraître le regarder avec beaucoup d'attention, les passants suivraient peut-être son exemple. Il mit aussitôt son idée à exécution. Un jeune couple, qui vaguait irrésolument dans la salle, s'approcha de Corot. L'homme dit, après avoir jeté un rapide coup d'œil : « Cela n'est pas mal, il semble qu'il y a quelque chose là dedans. » Corot était radieux, et se félicitait de son stratagème. La femme s'approcha à son tour et répliqua aigrement : « C'est affreux ! allons-nous-en ! » Et le couple partit en effet. Corot contait gaiement sa mésaventure, et ajoutait qu'il n'avait pu que se dire à lui-même : « Eh bien ! es-tu content d'avoir voulu entendre l'opinion publique ? Tant pis pour toi ! » Et il riait. Le tableau en question fut acquis longtemps après le Salon pour la somme de sept cents francs, par un amateur audacieux. En 1881, on le vendait douze mille francs.

Corot disait un jour à son ami Dumesnil : « Les architectes ne veulent pas de moi parce qu'on prétend que je mets pas mal d'air dans mes tableaux ; et ils craignent que ça fasse des trous dans leurs murailles, ce qui serait malsain. »

En l'accompagnant chez lui, place Pigalle, le soir du banquet de son cinquantenaire de peintre, à l'Hôtel Continental, le 16 janvier 1885, où la jeunesse artistique l'avait bruyamment fêté, et où il avait dû entendre de nombreux discours sur son œuvre et sur sa gloire, un ami intime demandait à Puvis de Chavannes pourquoi il paraissait rêveur et soucieux : « J'ai bien mal dîné, » répondit le maître.

Sur la fin de ses jours, Puvis de Chavannes devint un des artistes les plus décorés de France et de Navarre. Ces distinctions honorifiques lui plaisaient, parce qu'elles étaient pour lui la consécration officielle du triomphe de ses idées ; mais il riait le premier de ce qu'il appelait ses faiblesses d'homme du monde ; et, en rentrant d'une réception, il entassait les grands cordons d'ordres étrangers, les plaques endiamantées, dans un des tiroirs de sa commode, pêle-mêle avec ses chaussettes et ses mouchoirs.

CHAPITRE V

L'amour du travail.

— Le travail est la grande loi de l'humanité.

— Qui cesse de travailler, meurt physiquement, intellectuellement, moralement.

— Le travail, pour l'artiste, c'est l'action; l'action, c'est la vie.

— La source de tous les maux qui accablent l'humanité est la paresse du corps et la paresse de l'esprit.

— Le travail régularise les fonctions de la vie, en décuple la puissance.

— Faute d'un travail régulier et méthodique, l'intelligence se rouille, les doigts s'ankylosent; alors, un effort énorme, suivi fatalement d'une grande fatigue, devient nécessaire.

— La paresse fatigue plus que le travail.

— Le repos, sans travail qui l'ait rendu nécessaire, engendre le morne ennui et l'irritabilité nerveuse.

— Par le travail on arrive à tout.

———

On n'apprend bien que ce que l'on apprend soi-même en tâtonnant, en cherchant.

BONNAT.

MONUMENT DE CHARLET
(Square Denfert, à Paris).

PRINCIPALES ŒUVRES DE CHARLET
PEINTRE ET DESSINATEUR
1792-1845.

Épisodes de la retraite de Russie ;
Illustrations du *Mémorial de Sainte-Hélène*, 493 dessins.

Plus je vais, plus je deviens avare de mon temps ; le travail est non seulement un plaisir, mais c'est un besoin ; et, si bien que je sois, quand je ne peux pas me livrer à ma chère peinture, je ne suis pas heureux.

BOUGUEREAU.

Adieu ! je meurs ! car je ne peux plus travailler.

CHARLET.

Si je ne pouvais plus peindre, faire mes petites branchettes dans le ciel, avec de l'air pour laisser passer les hirondelles, il me semble que sous peu je tomberais raide mort.

COROT.

Travaillez toujours : c'est encore la meilleure manière d'employer son temps, même quand on n'en retire pas de profits. C'est un grand moyen contre les chagrins de la vie. L'ennui est tellement la conséquence de l'oisiveté, que l'absence de travail est pour moi une espèce de maladie.

DELACROIX.

On ne peut devenir un vaillant artiste sans étude, sans persévérance ; le génie lui-même ne se développe pas sans labeur, et, quel que soit l'idéal poursuivi, il faut se préparer par le travail à la liberté future de la pensée.

CH. GARNIER.

Il y a bien des choses dans ma vie, la gloire, l'amour ; rien n'a valu et ne vaut la profonde, l'ardente jouissance du travail.

MEISSONIER.

Mon programme, c'est le travail, car tout homme est voué à la peine du corps. « Tu vivras à la sueur de ton front, » est-il écrit depuis des siècles : destinée immuable qui ne changera pas.

J.-F. Millet.

Travaillons, travaillons toujours! C'est le seul moyen de se ressaisir l'esprit et de ne pas se laisser glisser dans ce pernicieux état moral de désenchantement sceptique qui annihile toutes les facultés morales et physiques en nous.

Perraud.

Ah! si je savais peindre comme je sais dessiner, je serais heureux! Cela viendra peut-être en travaillant beaucoup.

H. Regnault.

Rude, pendant toute sa longue vie d'artiste, a travaillé du soleil levant au crépuscule; il ne s'interrompait dans sa besogne que pour manger des petits pains et boire quelques gouttes d'eau-de-vie.

A ses débuts dans la carrière artistique, Hippolyte Flandrin faisait connaître ainsi à son père l'emploi de son temps, et comment ils vivaient, lui et son frère, qui s'adonnait aussi à la peinture : « Levés à cinq heures, nous allons sentir le bon air du Luxembourg qui n'est pas loin; à six heures, au travail; à huit ou neuf heures, nous déjeunons. Malheureusement, le pain n'a jamais été aussi cher qu'à présent. Ensuite, nous travaillons jusqu'à six heures. » Hippolyte Flandrin n'a pas consacré moins de quinze heures par jour à ses peintures murales de Saint-Séverin à Paris, et de Saint-Paul à Nîmes; souvent il continuait à peindre à la lueur d'une lampe, pendant les journées d'hiver. Le soir, après son dîner, il préparait la besogne du lendemain.

HIPPOLYTE FLANDRIN

PEINTRE

1809-1864.

OEUVRES PRINCIPALES

Décorations dans les églises Saint-Vincent-de-Paul, Saint-Germain des Prés, et Saint-Séverin de Paris, Saint-Paul de Nîmes ;

Les Bergers de Virgile; — Le Dante et Virgile ; — La Rêverie:

La Dispersion des peuples au pied de la tour de Babel:

Portraits de Napoléon III, et du prince Napoléon.

*

Delacroix se levait habituellement à sept heures du matin. Il se mettait immédiatement au travail, et peignait d'arrache-pied jusqu'à trois heures du soir, sans prendre la moindre nourriture, afin, disait-il, de garder son esprit plus souple et plus éveillé. Le grand peintre écrivait, un jour, à un critique d'art, Th. Silvestre : « En fait de compositions tout arrêtées, parfaitement mises au net, et prêtes pour l'exécution, j'ai de la besogne pour deux existences humaines ; et quant aux projets de toute espèce, c'est-à-dire la matière propre à occuper l'esprit et la main, j'en ai pour quatre cents ans : jugez si j'ai le temps de me promener comme mes honorables confrères, qui, je pense, pour la plupart trouveront du temps de reste pour tout ce qu'ils ont à tirer de leur cerveau. »

*

Ziem déclarait à Edmond de Goncourt qu'il avait pris l'habitude, depuis son enfance, de peindre debout, en plein air, pendant huit et dix heures.

*

Toute sa vie, Meissonier a fait des journées de dix et douze heures, debout dans son atelier ou en plein air, l'été avec trente degrés de chaleur, les yeux brûlés par le soleil, l'hiver avec dix degrés de froid, les pieds dans la neige ou sur la glace.

Lors de l'exposition de son cinquantenaire de peintre, en 1884, Meissonier disait : « Quatre cent cinquante tableaux de moi sont au monde ; la moitié doit être en Amérique. »

*

Le musée Ingres, à Montauban, contient cinq mille dessins, calques, esquisses, ébauches, sanguines, aquarelles, sépias, lavis, qui représentent le travail intime que l'artiste a exécuté pour lui seul, en vue de son instruction ou pour sa satisfaction personnelle.

✽ᐟᐟᵉ

Le musée Gustave Moreau, à Paris, ne comprend pas moins de sept cent dix-sept peintures à l'huile, trois cent quarante-neuf aquarelles, et plus de sept mille dessins, exécutés par le grand artiste pendant ses cinquante années de travail. Les collections publiques et privées possèdent en outre de lui une centaine de peintures à l'huile et d'aquarelles.

✽ᐟᐟᵉ

L'atelier de Puvis de Chavannes renfermait, à sa mort, cent cinquante tableaux, esquisses et réductions de ses grandes œuvres décoratives, et environ trois mille cinq cents dessins et croquis importants.

✽ᐟᐟᵉ

Pendant qu'il était petit commis de marchand de vins, à Bordeaux, Bouguereau menait la vie la plus laborieuse qui se puisse imaginer. De six à huit heures du matin, il assistait aux cours de dessin et de peinture de l'École des Beaux-arts; puis il rentrait diligemment chez son patron, pour faire ses écritures commerciales. Le soir, dans sa petite chambre, à la lueur vacillante des bouts de chandelle ramassés soigneusement dans la maison paternelle et dans son bureau, il dessinait avec acharnement d'après nature et de mémoire. Pour gagner quelque argent, il faisait entre temps des petites lithographies coloriées pour la décoration des boîtes de pruneaux d'Agen, et pour les pots de confiture et de raisiné des épiciers du voisinage.

———— ∞◦⊕◦∞ ————

CHAPITRE VI

La discipline.

— Se faire, au début de sa carrière artistique, un plan général de la vie, longuement médité, bien étudié, et ne jamais en dévier.

— Rien n'est plus important, en art, que de partir d'un bon pied; sinon, il vaut mieux attendre un peu.

— L'indétermination de la tâche à accomplir est la cause de la perte de beaucoup de temps et du mauvais emploi des facultés.

— Aller droit au but, et de tout cœur, ne point s'embarrasser de ces mille considérations qui, prises à part chacune, ne paraissent pas dangereuses, mais dont la masse devient, comme celle des herbes d'un étang, une entrave qui paralyse les mouvements et peut faire noyer.

— Jamais le temps ne fait défaut à l'artiste qui sait bien le prendre.

— Les paysans de la vallée de Campan, dans les Pyrénées, à qui l'on demande combien il faut de temps pour atteindre le pic du Midi, ont l'habitude de répondre : « Quatre heures si vous allez doucement, six si vous allez vite. »

— Si vous n'accordez à votre besogne que la moitié de votre attention, vous y mettrez deux fois plus de temps.

— Peu suffit à chaque jour, si chaque jour acquiert ce peu.

— Toutes les œuvres d'art procèdent de l'accumulation méthodique et continue d'efforts, si petits qu'envisagés en eux-mêmes, partiellement, ils paraissent hors de proportion avec l'œuvre réalisée.

— Par la discipline sévère du travail, se garder de la rêverie, abandon de la volonté, où l'attention devient inconsciente et purement mécanique, où les rapports avec la vie se détendent jusqu'à la plus flottante indétermination, qui confine au rêve. Rien ne diffère plus que le rêveur du penseur, de l'observateur, dont l'attention est un effort commandé par la volonté, et soutenu par l'énergie.

Le procédé de mettre les bouchées doubles pour regagner le temps perdu est exécrable. Le travail sérieux est fait de calme, de mesure et de persévérance; ainsi, il peut durer longtemps, et devient fécond parce qu'il est facile. Il faut savoir se reposer, changer de sujets et se rafraîchir les idées. Quand on a peint huit jours sur la même toile, c'est assez; plus serait trop, et l'on ne produirait rien de bon.

BOUGUEREAU.

Mettre beaucoup d'ordre dans ma vie et chasser l'inquiétude.

TH. CHASSÉRIAU.

Faire que chaque journée produise un vrai travail et quelque profit; savoir le matin ce que je veux faire durant le jour, l'écrire sur ma table. Liquider toutes les choses commencées; avant que cette liquidation soit terminée, ne rien entreprendre, pas même à l'état d'esquisse ou de souvenir. Le matin et le soir, me priver des choses nouvelles

THÉODORE CHASSÉRIAU

PEINTRE

1819-1856.

PRINCIPALES ŒUVRES

Le Tépidarium; — La Chaste Suzanne; — Desdémone;
Décoration de l'hémicycle de Saint-Philippe du Roule, à Paris;
Peintures murales du grand escalier de la Cour
des Comptes, au quai d'Orsay, à Paris
(incendiées en 1871);
Décoration de la chapelle de Sainte-Marie-l'Égyptienne,
à l'église de Saint-Roch, de Paris;
Portrait de Lacordaire; — Portraits de deux sœurs.

que j'aimerais à faire. Cela me distrait de ce que je dois
faire pour achever mes commandes.

GALLAND.

Travaillez bien, ayez beaucoup d'ordre dans tout ce que
vous faites, un ordre de géomètre dans ses calculs. Rien
n'est au-dessous de l'attention d'un artiste qui vise à s'exprimer purement.

Ma méthode de travail? Mais elle est celle de tous ceux
qui savent travailler et qui ne se posent pas en improvisa-
teurs : de l'ordre, de la patience au service du rêve à faire
éclore, voilà tout. C'est vieux comme le monde.

Voyez-vous, il n'y a encore de repos que dans le travail, les habitudes prises, le régime exact et sain. Le reste
n'est que fatigue, à moins de ces plaisirs, de ces distractions de haut goût, qui vous arrachent à vous-mêmes, et
dont je ne saurais deviner la nature, tant mon tempérament s'y refuse; il faut être pour cela un artiste en oisiveté, savoir massacrer le temps avec talent, et celui-là
m'est refusé.

PUVIS DE CHAVANNES.

Le grand architecte Percier, qui, en collaboration avec
Fontaine, travailla constamment pour l'État, au Louvre,
aux Tuileries, et dans les palais et les châteaux de Versailles, de Fontainebleau, de Compiègne, etc., sous le premier Empire, sous la Restauration et pendant le règne de
Louis-Philippe, a conté lui-même, dans une lettre peu
connue, comment, lors de son séjour à Rome comme élève
de l'Académie de France, il faillit, par manque de discipline,
dans son travail et dans ses études, compromettre sa vocation et perdre ses plus belles années, celles de la jeunesse :
« Jeté tout d'un coup au sein d'une ville remplie de chefs-
d'œuvre, j'étais comme ébloui et hors d'état de me faire
un plan d'études. J'éprouvais, dans un saisissement, ce

5

tourment de Tantale, qui cherche vainement à se satisfaire
au milieu de tout ce qu'il convoite. J'allais de l'Antiquité
au Moyen âge, du Moyen âge à la Renaissance, sans pouvoir me fixer nulle part. J'étais partagé entre Vitruve et
Vignole, entre le Panthéon et le palais Farnèse, voulant
tout voir, tout apprendre, dévorant tout et ne pouvant me
résoudre à rien étudier. Et, qui sait jusqu'où se fût pro-
longé cet état de trouble et d'inquiétude, où l'inquiétude tenait de l'ivresse et où il y avait du charme jusque
dans la perplexité, si je n'eusse trouvé un guide qui me
sauvât de moi-même en me rendant à moi-même! Ce guide
fut Drouais, qui avait été témoin de mon anxiété, qui par-
tageait ma passion, et qui répondit à ma confiance par son
amitié. Drouais joignait au sentiment élevé d'un artiste les
lumières d'un esprit cultivé. Travailleur infatigable, il venait
me réveiller chaque jour. Je partais avec lui de grand matin. Nous allions voir ensemble quelqu'un de ces grands
monuments dont Rome abonde. Là, il m'indiquait ma tâche
de la journée ; et, le soir, il me demandait compte de mon
travail. Sans Drouais, perdu au milieu de Rome, je l'aurais
peut-être été pour moi-même ; avec Drouais, je me retrou-
vais dans Rome tout ce que j'étais ; et c'est à lui que je dois
d'avoir connu Rome tout entière, en devenant moi-même
tout ce que je pouvais être. »

Charlet ne travaillait qu'à ses heures, et sa méthode de
travail était de ne jamais violenter l'inspiration, de l'attendre patiemment en se livrant à des études. Sa verve ironi-
que s'exerçait impitoyablement aux dépens des artistes qui
arrivent régulièrement devant leurs tableaux, sous l'impulsion d'une inspiration de commande, et besognent mé-
caniquement : « Jean, venez donc, je suis prêt; montez la
machine. » Jean tourne la clef, et l'artiste se met à l'œuvre.
Quand arrive l'heure du dîner, notre artiste se sent fatigué.
« Eh bien, Jean, venez donc; m'avez-vous oublié? Il est
cinq heures, cependant; allons, vite, arrêtez la machine. »

PUVIS DE CHAVANNES

PEINTRE

1824-1898.

PRINCIPALES ŒUVRES

L'Enfance de sainte Geneviève, et Sainte Geneviève ravitaillant Paris
(Panthéon);

Décoration de l'escalier de la Préfecture,
à l'hôtel de ville de Paris ;

Le Bois sacré cher aux Arts et aux Muses ;

L'Inspiration chrétienne ; — Vision antique
(Musée de Lyon);

Décoration du grand amphithéâtre de la Sorbonne ;

Marseille, colonie grecque ; — Marseille, porte de l'Orient
(Grand escalier du Musée de Marseille);

Décoration du péristyle de la Bibliothèque publique de Boston ;

Décoration du Musée de Picardie, à Amiens ;

Décoration du grand escalier du Musée de Rouen.

Il ne faut point confondre l'ordre et la méthode avec la régularité d'un mouvement d'horlogerie.

*⫤

Si Puvis de Chavannes a pu produire un si grand nombre d'œuvres monumentales, de premier ordre, dont la dernière, *le Ravitaillement de Paris par sainte Geneviève,* au Panthéon, est aussi puissante, aussi fraîche que la première, *la Paix,* du musée d'Amiens, c'est grâce à la discipline sévère qu'il s'était imposée dès ses débuts dans la carrière artistique.

En quittant l'atelier de Couture, où il n'avait rien fait, le jeune peintre louait un gymnase d'orthopédiste, et y travaillait cénobitiquement pendant trois ans ; puis, en 1852, il s'installait dans l'atelier de la place Pigalle, qu'il ne quitta qu'un an avant sa mort, et y organisait une académie pour un groupe de camarades, entre autres Bida et Ricard, travailleurs comme lui, et désireux d'étudier, chaque jour, d'après le modèle vivant. Unis par les liens d'une amitié profonde, les uns et les autres s'enseignent mutuellement le métier au cours de ces séances, et dans les longues et passionnées conversations sur l'art qui les suivaient régulièrement.

Le futur maître décorateur s'était fait, de cette manière, des habitudes de travail régulier et méthodique dont il ne se départit plus jamais.

Pendant un assez long temps, des mois souvent, l'idée de la composition à peindre restait en gestation dans le cerveau de Puvis de Chavannes, mais en se rappelant fréquemment à ses yeux qui traduisaient instinctivement, par des croquis, les premières, rapides et sommaires sensations. Quand l'idée s'était formée, et semblait lui frapper au crâne pour demander à sortir, l'artiste jetait sur le papier un dessin qui résumait ce qu'il avait vu, sa vision. A partir de ce moment, il entrait dans la période, longue et laborieuse, des études nécessaires à la préparation des matériaux de la peinture.

Le matin et le soir, pendant la course à pied qu'il faisait presque chaque jour pour se rendre de la place Pigalle à son atelier de Neuilly, — cinq kilomètres et demi, — il médite et travaille mentalement; il dessine des yeux. Le ciel, l'atmosphère, les parcs, les jardins, les arbres, les maisons et les passants lui sont une inépuisable matière à observations de groupes, de gestes, de lignes, de lumières, et de couleurs ; il se documente, n'étudiant que ce qui peut et doit lui être utile, nécessaire, rejetant impitoyablement, ou plutôt ne voyant même pas ce qui ne saurait l'intéresser pour sa composition future.

Le peintre est-il aux champs, dans la montagne, au bord de la mer, la méthode d'élaboration de l'idée n'est point différente ; il la décrit lui-même ainsi dans une lettre à un ami : « Je suis parti, le lundi 25 août, pour Honfleur, où je suis resté dans les plus précieuses conditions morales jusqu'au vendredi 5 septembre. Là, travail de tête, travail des yeux, récolte d'effets, et, brochant sur le tout, évocation en moi-même des figures appelées à compléter la composition. Une fois tout ce monde tiré du néant, entrevu, et les places indiquées, j'ai dû rentrer à Paris pour demander à la nature son autorisation et marcher sûrement. »

Puis, venait la préparation du carton, que l'artiste définissait de cette façon spirituelle : « Le carton, c'est le livret; la peinture, c'est l'opéra. » Par suite du travail de documentation, chaque figure de la composition a son dossier de dessins d'après nature, dont il fait une sélection d'après leurs qualités d'adaptation au sujet, sélection suivie de la réduction et du décalque des meilleurs. A ce moment, le dessinateur se transforme en metteur en scène qui fait manœuvrer ses personnages, les dispose sur sa scène; et, quand leurs attitudes et leurs places sont devenues définitives, interviennent la mise au carreau, et le report sur la toile en grandeur définitive d'exécution.

Pour la peinture, comme pour le dessin, aussitôt qu'il avait eu sa vision, l'artiste jetait sur le papier d'innombrables pochades, où sont notés minutieusement les jeux de couleur, de lumière et d'ombre, avec lesquels l'idée lui était apparue ; et ces premières pochades se résument bientôt en une esquisse, exclusivement de couleur, qui sera constamment, pendant toute la période d'exécution, son modèle, sa pierre de touche, son diapason.

C'est ainsi que, acquise par un labeur quotidien, par une discipline sévère, la maîtrise du dessinateur et du peintre a rendu Puvis de Chavannes apte à concevoir et à exécuter les entreprises les plus hardies et les plus vastes, dans des conditions d'ampleur et de rapidité qui ont étonné, en ce temps de rapetissement et de dépression des volontés, des énergies, et des ambitions.

CHAPITRE VII

La santé.

— Assurez-vous une belle santé. La première condition du succès définitif, et durable, dans la vie, est d'être un animal supérieur, insensible à la fatigue, par conséquent au découragement.

— Tous les arts sont essentiellement athlétiques. La tête, le cœur et la main doivent marcher de compagnie dans le travail de l'artiste.

— Seuls peuvent devenir de vrais artistes ceux qui sont vigoureux et forts, qui sont capables de concentrer toutes les facultés, physiques et intellectuelles, sur leur œuvre, de se mettre tout entiers, corps et âme, dans ce qu'ils font.

— Il faut donner à son corps la souplesse qu'on veut donner à son esprit.

— La sensibilité de l'artiste est en raison de sa vitalité.

— La volonté et l'énergie sont inséparables d'un bon système nerveux.

— De la débilité physiologique résulte presque toujours l'absence de personnalité, qui est indispensable pour la production de l'œuvre d'art.

— Comme le tempérament d'un artiste est sa nature, et comme c'est le tempérament qui fournit à l'artiste son idéal, il y a nécessité pour lui de développer sa nature par une bonne hygiène morale.

— L'hygiène morale, qui se préoccupe à la fois du corps et de l'esprit, est l'art de maintenir et d'augmenter la puissance de réaction de l'organisme, d'écarter, dès qu'elle apparaît, toute cause capable de porter atteinte aux facultés intellectuelles, et de se garder de deux périls qui les menacent constamment : s'attacher avec trop d'ardeur au développement de la force du corps, et se complaire avec trop de volupté dans le fonctionnement de la pensée pure.

— La santé préservera l'artiste des terribles maladies morales qui le menacent plus que tout autre homme intellectuel : la veulerie, le découragement, le pessimisme, etc., et qui conduisent à la folie ou à la mort.

Chacun de nous, en naissant, apporte sa constitution physique et intellectuelle : c'est le premier acte de la Destinée, ainsi que son point de départ. Tant mieux pour les robustes, leur existence entière s'en ressentira : la santé est une longue vie sans souffrances. Malheur aux débiles ! Aux autres les réussites de toutes sortes, les trouvailles heureuses et les traits d'esprit sans nombre. La maladie est une défaite, la bêtise une autre. Aux hommes de génie il faut souvent ces deux forces : intelligence, santé.

DALOU.

Il faudrait sortir tous les jours avant dîner, s'habiller, voir ses amis, et sortir de la poussière du travail. Se rappeler Montesquieu qui ne se laissait jamais gagner par la fatigue, après avoir donné à la composition un temps raisonnable.

DELACROIX.

Tout d'abord, les artistes sont essentiellement nerveux; non pas que leur tempérament primitif soit ainsi fatalement constitué, mais parce que leur genre de production les amène sans répit à modifier la nature équilibrée pour la remplacer par des impressions fugitives, multiples et capricieuses. Tout homme qui travaille pour le public en général, qui est soumis au jugement de la foule, qui a à lutter contre les enthousiasmes irréfléchis ou les dénigrements exagérés, se sent graduellement atteint par cette modification nerveuse, et, de robuste et calme qu'il pouvait être jadis, arrive en peu de temps à l'inquiétude et à l'énervement chroniques.

CH. GARNIER.

La santé est la vigueur du corps en même temps que celle de l'esprit; sans elle, on ne peut produire des œuvres sérieuses, car elles nécessitent un long travail préparatoire d'abord, et une rude tache ensuite pour l'exécution. On maintient sa santé par l'exercice physique et aussi par l'exercice intellectuel, et c'est aussi un moyen de prolonger la vie dans de bonnes conditions.

GÉROME.

Ne pouvoir plus mettre sur la toile les quelques pensées que j'ai encore vives et claires dans le cerveau : j'ai peine à m'habituer à cette idée. Deux années de souffrances m'ont rendu bien timide et craintif, et, outre le besoin que j'aurais de travailler pour les miens, ce n'est pas là tout à fait vivre pour un artiste.

PAUL HUET.

Le grand art a besoin de vigueur physique, non moins que d'intime tranquillité.

MEISSONIER.

A soixante-dix-neuf ans, Carle Vernet faisait, chaque jour, une promenade à cheval au bois de Boulogne; son fils Horace passait pour un des meilleurs cavaliers de l'époque.

HARPIGNIES

PEINTRE PAYSAGISTE

né en 1819.

———

PRINCIPALES ŒUVRES

Ruines du château d'Hérisson :
Les Bords de l'Aumance :
Le Saut du Loup ; — Un Torrent dans le Var :
Les Bords du Rhône ; — Les Bords du Loing ;
Prairie dans le Bourbonnais.

*᙮

Rude fréquenta assidûment les salles d'armes de Paris jusque dans sa vieillesse. On conte de lui cette piquante aventure : un jour, il faisait assaut avec une des plus fines lames de Paris, et boutonnait à chaque coup son adversaire ; celui-ci disait toujours : « Pas touché ! » Rude fit mettre du blanc, puis du rouge aux fleurets. L'adversaire s'obstinait à nier les coups. « Eh bien ! déboutonnons les fleurets, » répliqua l'artiste. Ce fut fait ; et l'on se battit jusqu'au sang. Grand marcheur, Rude passait, pendant la belle saison, ses dimanches à parcourir la campagne, aux environs de Paris, avec sa femme et quelques amis intimes.

*᙮

« Maintenant que je ne les ai plus, écrivait Meissonier dans ses *Souvenirs et Entretiens,* je peux bien parler des forces et de la souplesse de ma jeunesse. Tous les exercices du corps me plaisaient et me passionnaient, la marche, la nage, l'équitation, les armes, les jeux de boules, etc. » La distraction de Meissonier, dans sa jeunesse, dit O. Gréard dans une étude biographique du maître, c'était de s'exercer à tous les jeux de force et d'adresse. Quelques années plus tard, quand il habitait l'île Saint-Louis, agile, vigoureux, hardi jusqu'à l'imprudence, il battait la Seine à la gaffe, du pont des Tournelles au pont Marie, sur de méchantes galoubilles qui faisaient eau de toutes parts ; escaladait les tours de Notre-Dame en cherchant l'*Ananké* de Victor Hugo, et risquait, chaque dimanche, de se noyer ou de se rompre le cou. A Poissy, il canotait et montait à cheval avec passion ; il nageait remarquablement. C'était le fruit d'une éducation entreprise de bonne heure avec énergie. Il était fier de ses muscles, et ne se fâchait pas, rue des Lombards, qu'on le félicitât de redresser un tonneau de six cents livres. C'est qu'il s'armait pour la lutte qu'il sentait inévitable, s'aguerrissait pour les privations qu'il voyait venir.

Henri Regnault était venu au monde débile et frêle ; ses parents eurent beaucoup de difficultés à l'élever ; mais, dès sa première jeunesse, ambitieux de surpasser tous ses camarades, et ayant appris de ses maîtres que, pour réussir dans la vie, il faut avoir une belle santé, il s'adonna avec passion aux exercices corporels, et acquit rapidement une vigueur et une agilité exceptionnelles, qui faisaient l'étonnement et l'admiration de ceux qui l'avaient vu enfant. Il avait le goût de l'équitation, et se plaisait à monter des chevaux fougueux, pour raidir sa volonté et ses muscles dans cet exercice violent et dangereux. Un de ses amis, M. Angellier, a conté un de ces exploits, pendant qu'il était pensionnaire de l'Académie de France, à Rome. Le jeune peintre possédait un cheval très doux et infatigable, dont il était très satisfait ; mais, ayant appris qu'il y avait dans la ville une bête qui avait jeté à terre deux attachés d'ambassade, et qui avait failli tuer un commandant de zouaves, il l'acheta pour la dompter. La lutte entre l'animal et le cavalier dura deux jours. A la seconde séance, après avoir rué et s'être dressé sur ses jambes pendant trois quarts d'heure, le cheval prit le mors aux dents, et alla donner du poitrail contre un tombereau. Le choc enleva le cavalier de sa selle, et le projeta de l'autre côté. Si une pluie abondante tombée une heure auparavant n'avait pas détrempé le sol de la route, Henri Regnault se fût fracassé le crâne. La mésaventure ne le corrigea point ; il remontait à cheval quelques jours après.

De Madrid, le jeune peintre écrivait à son frère, à propos de relations amicales qu'il avait nouées avec des gitanes et des bohémiens : « Je les ai épatés, l'autre jour, en marchant sur les mains et en sautant deux chaises à pieds joints, et cinq chaises avec élan. Ils disent qu'ils n'avaient jamais vu ça ; et, depuis ce jour-là, ils m'estiment plus encore. »

GUSTAVE DORÉ
PEINTRE, DESSINATEUR, ET SCULPTEUR
1833-1883.

———

PRINCIPALES ŒUVRES

Illustrations de la Bible, Rabelais, Dante, Milton, Cervantès, La Fontaine,
Perrault, Balzac, et Tennyson.
Monument d'Alexandre Dumas père
(Place Malesherbes, à Paris).

⁂

Gustave Doré s'était fait installer un trapèze et une barre fixe dans son atelier. Lorsqu'il se sentait fatigué de peindre ou de dessiner, il se livrait à quelques rétablissements vigoureux, à quelques voltiges savantes ; et il reprenait son travail, dégourdi et dispos. Dans sa jeunesse, il avait, paraît-il, accompli des tours de force et d'agilité qui eussent fait honneur à Léotard, et il s'en montrait très fier.

⁂

Pour se maintenir le corps et l'esprit dispos, et s'assurer ainsi une excellente santé physique et morale, Puvis de Chavannes s'était imposé l'obligation de faire, par tous temps et en toute saison, le trajet, aller et retour, de son habitation de la place Pigalle à son atelier dans l'ancien parc de Neuilly-sur-Seine, soit plus de dix kilomètres à vol d'oiseau ; presque jamais il n'allait dans le monde ou au théâtre ; et, chaque année, il se donnait deux mois de congé, qu'il passait au bord de la mer ou à la campagne, à faire des promenades, où il aurait lutté d'endurance et de rapidité avec un facteur rural.

⁂

Quel long martyre a été la vie de nombreux artistes de grande valeur, qui ont gâché leur santé dans un travail fiévreux, qui ont laissé leurs nerfs prendre le dessus sur les muscles, par l'inaction physique, et ont vu ainsi arriver avant l'âge la souffrance et la misère d'une vieillesse impuissante ! L'exemple le plus douloureux est Carpeaux, ce sculpteur de génie, que la maladie terrassa à cinquante-cinq ans, laissant survivre toute l'activité du cerveau, et qui fit de ses dernières années une lente et terrible agonie. « Ah ! si je ne souffrais pas, écrivait à un ami le pauvre

6

artiste, quelle joie ce serait, quel travail je ferais! Mais ce n'est pas mon rôle. Tout m'est tombé des mains par la maladie. Je suis rivé à l'inaction... Ce que j'endure, ce que je souffre, ce que je crie, est impossible à décrire!... Comme c'est difficile de mourir! »

DEUXIÈME PARTIE

DEVOIRS DE L'ARTISTE ENVERS SON MÉTIER; VERTUS PROFESSIONNELLES.

CHAPITRE VIII

La science technique.

— Faire bien tout ce qu'on fait.

— On n'est artiste que du jour où l'on est capable d'inventer, et surtout capable d'exécuter.

— Ce qui fait l'artiste, ce n'est point seulement le désir de créer, — propre à l'amateur, — c'est la faculté de produire, grâce à la science technique.

— Le sujet n'est rien dans une œuvre d'art; la façon de le rendre est tout.

— Le premier devoir d'un peintre est de peindre; d'un sculpteur, de sculpter; d'un architecte, de bâtir, etc., etc.

— Un art doit être appris à fond dès la jeunesse.

— Les années de pratique de la jeunesse sont des années de campagne, qui comptent double dans la vie d'un artiste.

— Le métier sévère, régulier, discipliné, constitue l'unique moyen d'expression exacte de la pensée : c'est donc, dans la profession d'artiste, la première conquête à entreprendre.

— Il est de toute nécessité, quand on se met au travail, que, par la possession complète du métier, la main puisse, avec sûreté et rapidement, suivre le cerveau; autrement, l'idée s'envole, et l'on ne peut la rattraper.

— Le métier est la loyauté professionnelle de l'artiste.

— Livrer une œuvre où il n'y a pas un métier solide, qui assure sa conservation parfaite, c'est agir comme un industriel qui falsifie sa marchandise, ou qui la vend à faux poids.

Le véritable artiste, complet, est celui qui pratique toutes les parties de son art, comme n'ont pas dédaigné de le faire les Michel-Ange, les Puget, les Benvenuto Cellini.

E. BARRIAS.

On peut toujours acquérir les connaissances accessoires qui concourent à la production d'une œuvre d'art, mais jamais, — et j'insiste sur ce point, — jamais la volonté, la persévérance, l'obstination, ne réparent dans l'âge mûr l'insuffisance de la pratique. Et conçoit-on une angoisse semblable à celle qu'éprouve l'artiste qui voit la réalisation de son rêve compromise par l'impuissance dans l'exécution ?

BOUGUEREAU.

Le métier doit se maintenir à sa place, avec le degré d'importance qui lui est légitimement dû, ni moins, ni plus, dans l'ensemble des éléments qui constituent l'œuvre d'art.

BRACQUEMOND.

J'essayai chez moi quelques petits tableaux, on me les acheta; et, dès lors, mon éducation de peintre fut manquée.

DECAMPS.

Les peintres primitifs étaient plus ouvriers que nous; ils apprenaient supérieurement le métier avant de penser à se donner carrière. C'est le contraire aujourd'hui.

DECAMPS

PEINTRE
1803-1860.

PRINCIPALES ŒUVRES

La Défaite des Cimbres ; — Josué arrêtant le soleil ;
Le Grand Bazar turc ; — La Rade de Smyrne ;
Le Supplice des crochets ; — Les Bourreaux à la porte d'un cachot ;
Le Café turc ; — La Sortie de l'école ;
Une Boucherie en Orient ;
Histoire de Samson.

Paganini n'a dû son étonnante exécution sur le violon, qu'en s'exerçant chaque jour pendant une heure à ne faire que des gammes.

DELACROIX.

Quand même vous auriez pour cent mille francs de métier, achetez-en encore pour deux sous.

INGRES.

Toute œuvre où la main se manifeste avec bonheur ou avec éclat est, par cela même, une œuvre qui tient au cerveau et qui en dérive.

FROMENTIN.

Chez les artistes, et surtout chez les sculpteurs, il y a l'ouvrier. En toutes choses le côté matériel joue un rôle assez important. J'ai eu la chance d'être le fils d'un orfèvre, de sorte que tout petit j'ai forgé, soudé, limé, tourné... Et cette habitude de l'outil m'a été très utile quand je me suis mis à faire de la sculpture; car, je le répète, l'ouvrier et l'artiste ne font qu'un pour mener à bien une œuvre d'art.

GÉROME.

Je suis assuré que dans notre art il n'y a qu'une voie : celle de la science. Il faut être avant tout savant dans son métier. Je n'ignore pas que, depuis plus de vingt années, une école, une peinture nouvelle, ont conquis la faveur d'une partie du public ; cette faveur ne va pas d'ailleurs sans quelque snobisme. Eh bien ! je vous le déclare sans la moindre amertume, mais avec sécurité : ces impressionnistes ne savent rien ou presque. Nous avons le devoir d'être sévères, nous autres qui avons apporté à notre tâche la conscience qu'on doit toujours mettre à réaliser son œuvre.

HÉBERT.

La peinture lâche est la peinture d'un lâche.

MEISSONIER.

Un peintre sérieux doit tout connaître et tout pratiquer de son métier. La nature ne présentant aucune différence de grandeur et de moralité entre ses formes diverses, dont l'ensemble harmonique compose l'œuvre divine de la création, il doit, avec la même conscience, avec le même amour, étudier toutes ces formes, et s'efforcer d'en faire l'image plastique aussi bien qu'il le peut.

PUVIS DE CHAVANNES.

Je tâche de peindre en bon ouvrier maçon.

VOLLON.

A un importun qui le fatiguait d'une longue et insipide conversation sur les procédés et les manières de toutes sortes, L. David fit la réponse spirituelle que voici : « J'ai su tout cela quand je ne savais rien. »

Amaury-Duval, visitant à Rome l'atelier de Decamps, trouva l'artiste occupé à son tableau *le Supplice des crochets.* Frappé de l'éclat de la peinture, il l'examinait de près avec soin. Le peintre remarqua la surprise de son ami devant les empâtements prodigués sur la toile, et lui dit : « Ce sont des moyens. Je voudrais bien arriver au même résultat à moins de frais; mais j'ai appris tout seul ou peu s'en faut; je n'ai pas eu le bonheur d'avoir un maître comme le vôtre (Ingres). »

A propos de cette réflexion piquante du peintre romantique sur son métier, Gérome m'a conté l'incident suivant :

BARYE

STATUAIRE

1795-1875.

PRINCIPALES ŒUVRES

Le Lion et le Serpent ; — Thésée et le Minotaure ; — Lapithe et Centaure ,
Tigre dévorant un gavial ; — Lion assis ;
Le lion de la colonne de Juillet, à Paris ;
La Guerre, la Paix, l'Ordre et la Force
(Palais du Louvre).

« J'ai eu l'honneur de connaître M. Decamps, qui m'a toujours témoigné de la sympathie. Il venait quelquefois me voir; et, un jour qu'il regardait un de mes ouvrages, en voie d'exécution, il me dit : « Je reconnais que les moyens les plus simples sont les meilleurs. — Eh bien, lui répliquai-je, mon cher maître, vous y avez mis le temps. »

Corot disait à Daubigny, dans une de ces conversations intimes que l'un et l'autre aimaient à avoir ensemble : « Je ne suis pas content, je manque de métier. — Comment! répliqua Daubigny, tu manques de métier? Tu ne mets rien sur ta toile, et tout y est! »

Jean Gigoux racontait que Th. Rousseau, dès ses débuts, chercha à perdre la manière de son premier maître, Rémond, dont il se sentait obsédé au point de n'en plus dormir. Il n'avait pas d'autre idée en tête que de connaître les valeurs des tons entre eux, et il était devenu impossible de causer avec lui d'autre chose; rien ne l'intéressait que cela. « Mais, ajoutait en souriant le vieux peintre, c'est avec la préoccupation unique de son art qu'on arrive à faire des chefs-d'œuvre, et Th. Rousseau en a fait. »

Arrivé aux honneurs de tous genres et à la fortune, Lefuel, l'architecte du pavillon de Marsan, au Louvre, déclarait se rappeler avec orgueil le temps où il avait, pour ainsi dire, manié la truelle, quand il succéda tout jeune, frais émoulu de l'école, à son père, modeste entrepreneur de maçonnerie à Versailles; et il attribuait aux occupations manuelles et aux travaux pratiques de sa jeunesse la connaissance parfaite qu'il possédait de la construction.

On conte de la science technique de Viollet-le-Duc maints faits extraordinaires, qui semblent tenir du prodige. Entre autres, en voici un qu'on pourrait croire invraisemblable, s'il n'était affirmé par l'écrivain d'une étude parue, en 1880, dans un journal, qui déclare en avoir été lui-même le témoin : « Pendant la restauration du château de Pierrefonds, j'étais allé visiter les travaux. Au moment où nous passions dans une salle occupée par des dessinateurs, un chef de travaux qui était là saisit Viollet-le-Duc au passage, et lui dit qu'on n'avait pas le plan de restauration de la salle des gardes, et que ce plan était indispensable pour mettre en train les études de cette salle, qu'on allait commencer le lendemain. Viollet-le-Duc demande une feuille de papier et un crayon; et là, en dix minutes, à main levée, il construit et cote le plan sommaire de la restauration, sans hésiter une seconde et sans se tromper d'un millimètre. »

Peu de temps auparavant, Viollet-le-Duc avait fait un pareil tour de force, que le même écrivain rapporte, sans aucun doute, pour l'avoir entendu de la bouche de ceux devant qui il s'était passé. « Dans le commencement des travaux, Viollet-le-Duc avait recommandé de chercher le puits, qui devait se retrouver, parce que la forteresse, n'ayant pas de fontaine, devait en avoir un; et comme la nappe des eaux souterraines ne pouvait être qu'à un certain niveau, il indiqua la profondeur du puits. On restaurait à ce moment la chapelle. Un des architectes placés sous ses ordres lui demanda un profil pour les colonnettes des fenêtres et pour leurs chapiteaux. A l'instant, sans recourir à aucun plan, l'artiste dessine à main levée une colonnette, avec ses proportions et ses détails. Il prend ensuite une feuille de papier, et dessine le profil du chapiteau, côté droit et côté gauche. Il plie alors la feuille en deux, et on voit avec admiration que les lignes du côté droit s'appliquaient sur celles du côté gauche comme si

MONUMENT DE BARYE
(Pointe de l'île Saint-Louis, à Paris).

elles avaient été calquées l'une sur l'autre. Peu de jours après, à la profondeur indiquée, on découvrit le puits dont il avait annoncé l'existence. Le puits était rempli de débris de toute sorte, parmi lesquels on trouva une partie des anciennes colonnettes de la chapelle. On en mesura le module; c'était exactement celui que Viollet-le-Duc avait prescrit de donner aux colonnettes nouvelles. »

Viollet-le-Duc avait acquis cette science technique prodigieuse par des études incessantes et par le travail le plus acharné.

A l'âge de treize ans, Barye entra en apprentissage chez un graveur sur métaux, qui fournissait à l'armée les boutons d'uniformes, les plaques pour shakos et les boucles de ceintures; il apprit là à graver en creux et en relief, à estamper, à ciseler, et s'initia aux compositions héraldiques pour cachets et armoiries. Après son service militaire, qui lui prit deux ans, il fut employé par l'orfèvre Fauconnier, où il faisait de tout, principalement des modèles d'animaux. Et, en même temps, par suite de conventions spéciales avec ses patrons, à certaines heures, il fréquentait les ateliers du sculpteur Bosio et du peintre Gros, et concourait plusieurs fois, sans réussir, pour le grand prix de Rome, dans la section de gravure. Par ce travail simultané et incessant d'études artistiques et de production industrielle, Barye acquit cette supériorité incontestable de l'artiste qui, connaissant à fond la théorie et la pratique de son métier et de ses applications multiples et diverses, peut penser, concevoir et exécuter dans les conditions les plus propices à la fécondité, à la rapidité et à la perfection. Aussi, l'œuvre tout entier du maître présente-t-il une originalité et une personnalité extraordinaires. Dans son atelier, ceint de son tablier vert de bronzier, Barye modelait et retouchait lui-même les plâtres et les cires de ses groupes et statues, les fondait à la cire perdue, comme au sable, les réparait, les ciselait, les patinait, et, de cette façon, suivait sa création jusqu'au bout, ne la quittant que

7

le plus tard possible, quand il en était satisfait; et, lorsqu'il se décidait à la vendre, il semblait bien plutôt la confier à un amateur que la livrer à un acheteur, tant il la caressait amoureusement du regard, et recommandait paternellement d'en prendre bien soin.

꒰ ꒱

« Quand j'entrai, à l'âge de treize ans, au sortir de l'école communale, chez Cavelier, me contait, un jour, L.-E. Barrias, le sculpteur des *Premières Funérailles* et du *Monument de Victor Hugo,* je fus mis à la besogne pénible et diverse de l'apprentissage, tel qu'on le comprenait et le pratiquait traditionnellement en ce temps-là. Le premier arrivé, dès six heures du matin, je devais scier le bois, allumer le poêle, et balayer; dans la journée, je faisais les courses. Bien que mon patron fût le meilleur des hommes, je recevais de lui et des praticiens plus de reproches et de bourrades que de caresses et de compliments. Je n'en apprenais pas moins, très sérieusement, le métier, en observant avec soin ce qui se faisait autour de moi, et en travaillant avec acharnement. Au bout de trois ans, mon apprentissage terminé, Cavelier me conseillait d'entrer chez Jouffroy, qui avait organisé un atelier de professeur, et recevait de nombreux élèves. J'étais le plus petit de tous, et je paraissais le moins instruit et le moins déluré. Quels ne furent pas l'étonnement et la jalousie de mes camarades! Dès le second jour, constatant que le petit apprenti de chez Cavelier en savait plus que ses élèves, Jouffroy le chargeait des travaux les plus difficiles et les plus délicats. C'est qu'en effet ils en avaient beaucoup moins appris dans leur cours que moi dans mon apprentissage, tout en sciant du bois et en allumant le feu des poêles, grâce à l'instruction technique manuelle que m'avait donnée mon premier patron. A seize ans, en 1857, j'étais admis à l'École des beaux-arts, et en 1861 je partais pour Rome, comme pensionnaire de l'Académie de France. »

CHAPITRE IX

La conscience professionnelle.

— La conscience est le sentiment intime et immédiat de l'activité personnelle dans chaque acte de la vie.

— La conscience est, en même temps, le témoignage d'approbation ou d'improbation de l'âme.

— La conscience accompagne les facultés dans leurs rapports avec le monde extérieur.

— Avoir de la conscience, pour un artiste, c'est mettre en tout de l'attention, de la réflexion, et, par conséquent, de la sincérité.

— La sincérité est la condition essentielle de l'art.

— Plus l'artiste est sincère, plus il exprime avec clarté et avec force le sentiment qui lui tient au cœur, plus facilement il exprime son idéal.

— Substituer des habitudes de main, pour ainsi dire mécaniques, à la représentation réfléchie des images perçues, — c'est-à-dire le chic, — est une dépravation fatale de l'aptitude à l'exécution, qui n'est point constamment dirigée par la conscience.

— L'expression professionnelle « avoir de la patte » est aussi juste que pittoresque ; elle définit exactement le travail où il n'y a qu'un travail des doigts, et non de l'intelligence ni de la réflexion.

— Le caractère est la constance de la conscience.

Ne rêvez pas de trop grandes choses; un objet de petite importance, mais bien et solidement exécuté, peut faire plus pour votre réputation qu'une œuvre plus ambitieuse rendue d'une façon insuffisante. Une petite monnaie grecque contient plus d'art que le groupe du *Taureau de Dircé*.

CHAPU.

Soyez consciencieux; tout l'art est là.

Vive la conscience et la simplicité ! c'est la seule voie qui conduise au vrai et au sublime.

Parfois, on me dit : « Vous connaissez votre affaire, et vous n'avez pas besoin d'étudier davantage. » — Mais pas de ça, Lisette, on a toujours à apprendre.

COROT.

Pour être durable, une œuvre d'art doit être fortement conçue et particulièrement belle d'exécution. La conception s'adresse à la foule, mais l'exécution aux seules personnes qui s'y connaissent; celles-ci sont rares. La pensée s'efface en se modifiant, mais si le morceau est bon, lui reste forcément.

DALOU.

La connaissance approfondie de la nature et de l'histoire a donné, de nos jours, au mot de conscience une haute signification. En l'employant aujourd'hui, on parle du devoir rigoureux qui incombe à l'artiste de s'approprier tout ce qu'une science certaine met au service de son sujet : il s'agit d'une nouvelle probité.

E. GUILLAUME.

On a beau me dire : « Finissez-en donc, allez vite, ne recommencez pas ; » si mes ouvrages ont valu et valent quelque chose, c'est parce que j'ai dû vingt fois les remettre sur le métier, les châtier avec une recherche et une sincérité extrêmes. Ce que j'ai été, donc, je le serai apparemment toute ma vie. Dois-je m'en repentir? Aux maîtres d'en juger. Mais je ne puis faire autrement.

Si vous ne pouvez forcer l'admiration, tâchez au moins qu'on dise, en voyant votre peinture : « Voilà l'œuvre d'un peintre honnête. »

INGRES.

Le véritable artiste, vraiment soucieux de son œuvre, ne connaît pas de tourment plus terrible que de se croire au-dessous de lui-même.

J.-P. LAURENS.

Il faut la largeur dans la conception et dans l'ensemble pour attirer à soi le public; il faut la conscience de l'exécution du détail pour le retenir.

MERCIÉ.

Jamais je n'hésite à gratter des journées entières de travail et à recommencer pour me satisfaire, pour tâcher de faire mieux. Ah! ce mieux qu'on sent en dedans, et sans lequel un véritable artiste n'est jamais content de soi!

Prenez pour règle de n'être jamais content de vous. Un artiste auquel suffit le premier jet est fichu.

Jamais je ne signe un tableau tant que la chose n'est pas finie selon mon âme.

MEISSONIER.

Je serais plus qu'embarrassé de développer une esthétique quelconque, étant un être essentiellement instinctif et juste le contraire d'un compliqué. S'il m'arrive de penser à ce que j'ai pu faire jusqu'ici, j'y découvre, non pas la recherche, mais le besoin de la synthèse, sans jamais tomber dans l'épisodique; les scènes que j'imagine restent néanmoins probables et humaines. Je ne crois pas qu'on puisse analyser un cerveau comme on décrit les rouages d'une montre. L'artiste est insaisissable ; en lui prêtant une technique et des intentions en dehors de l'évidence, on est à peu près sûr de se tromper. La technique n'est autre chose que son tempérament ; et ses intentions, s'il est sain d'esprit, relèvent du simple bon sens ; — c'est déjà bien joli. — Il n'y a qu'à regarder le tableau bien en face, tranquillement, et jamais par derrière, où le peintre n'a rien caché.

PUVIS DE CHAVANNES.

Dans le tableau *les Horaces et les Curiaces,* fait à Rome, David, au témoignage de ses camarades, recommença jusqu'à vingt fois le pied gauche en avant du vieil Horace. « Je le recommencerai, disait-il, jusqu'à ce que j'aie jeté ma gourme. » Par gourme, il entendait le vice de sa première manière, héritée de Boucher.

Lorsque Fontaine construisait le grand escalier du Louvre, qui a été si malheureusement démoli par Visconti, sous Napoléon III, Prud'hon reçut la commande du plafond qui devait le décorer. L'artiste se mit aussitôt à l'œuvre, et prépara de nombreuses esquisses de sa composition. Un jour, Fontaine l'informa que le plafond devait être terminé dans une année. Prud'hon répondit à l'architecte : « Ce n'est pas mon affaire, alors ; je ne veux livrer mon travail que lorsqu'il me paraîtra parfait. Adressez-vous à X…, qui est un décorateur habile et expéditif, il fera ce que vous demandez. » Et Prud'hon renonça spontanément à une commande fort importante, qui ne lui était pas inutile financièrement.

PAUL BAUDRY

PEINTRE

1828-1886.

PRINCIPALES ŒUVRES

Plafond du grand foyer de l'Opéra à Paris ;
Plafond de la Cour de cassation ;
Plafond du palais Vanderbilt, à New-York ;
Décoration de l'ancien hôtel Fould (château de Chantilly) ;
La Fortune et l'Enfant ; — La Vérité
(Musée du Luxembourg).

Un jour que Charlet avait un dessin presque terminé, un marchand arrive et le lui demande pour un amateur auquel il doit plaire sans aucun doute. On convient du prix, mais il y a quelques retouches à faire. Le marchand revient le lendemain, et compte immédiatement cinq cents francs sur la table. Pendant ce temps, Charlet tenait son dessin à la main et le regardait ; il se décide enfin, prend un canif, coupe le dessin en quatre et jette les morceaux au feu ; et comme le marchand le regardait tout ébahi : « C'est décidément un mauvais dessin, lui dit Charlet, et je ne puis y mettre mon nom. »

Mécontent de quelques-uns de ses tableaux, I. Dupré se mit à les déchirer en mille pièces. Un marchand américain survint pendant l'opération. « Pourquoi avez-vous fait cela ? lui dit-il ; je vous en aurais donné cinquante mille francs, si vous aviez voulu me les vendre. » L'artiste répliqua simplement, en continuant sa besogne de plus belle : « Ma conscience et ma gloire avant tout. »

D'après Sensier, Th. Rousseau avait toujours grand'-peine à se séparer de ses œuvres, non par amour exagéré pour sa progéniture, car il en donnait volontiers à ceux qui aimaient sa peinture, mais parce qu'il avait toujours le besoin d'y retoucher, tant il se satisfaisait peu lui-même ; il fallait lui arracher ses toiles, et, quand il les vendait, il suivait avec inquiétude leur destinée dans les collections, et s'ingéniait à les « reprendre en nourrice », disait-il pittoresquement, pour les câliner de quelques coups de pinceau.

*≫

Meissonier est un des artistes de ce temps qui ont apporté le plus de conscience professionnelle dans la composition et l'exécution de leur œuvre ; les témoignages en abondent.

Le tableau *1807* est resté quatorze ans sur le chevalet. « Le soir, rapporte O. Gréard, d'après les confidences qui lui avaient été faites par Mme Meissonier, le peintre croyait avoir trouvé ce qu'il cherchait ; le lendemain, en rentrant dans son atelier, il effaçait tout. C'est ainsi qu'en paraissant travailler vite il n'allait pas vite, parce qu'il recommençait éternellement. » Ce qu'il avait tué d'hommes et de chevaux dans les *Dragons,* pour arriver à la pose la plus juste d'une jambe ou d'un bras ! Il y a là deux ou trois tableaux l'un sur l'autre. Il faisait lui-même l'aveu du mal qu'il s'était donné avec cette peinture : « Je n'ai jamais eu de tableau si difficile à faire. Pas de ressources, de moyen de se sauver. A chaque instant, je fais une maquette de cheval, je mets une bride dessus... Une figure refaite entraîne à une autre. Ce tableau m'a pris un temps prodigieux. Si j'écrivais son histoire, depuis sa naissance et sa reprise, cela serait bizarre. » Au moment où le tableau devait partir pour le Salon de 1880, un doute vint à l'artiste sur l'exactitude du numéro matricule des dragons. Il suspendit l'envoi, vérifia, constata qu'il s'était trompé, et changea tous les numéros.

Dans le *1814,* toutes les pièces de l'uniforme de l'empereur ont été exécutées d'après les uniformes authentiques que possédait le prince Napoléon ; le harnachement du cheval est absolument conforme à celui que portait la monture de l'empereur pendant cette campagne. La particularité de la figure du maréchal Ney, la capote simplement jetée sur les épaules, avait été suggérée à Meissonier par une conversation qu'il avait eue, un jour, en chemin de fer, avec un vieil officier de santé qui avait fait partie du corps d'armée du prince de la Moskowa :

LOUIS DAVID

PEINTRE

1748-1825.

PRINCIPALES ŒUVRES

Le Serment des Horaces ; — Les Sabines ; — Bélisaire ;
Le Couronnement ; — Le Serment du Jeu de paume ;
Bonaparte gravissant le Saint-Bernard ; — La Distribution des aigles ;
La Mort de Marat ; — L'Amour et Psyché ;
Portraits de Pie VII, de Mme Récamier ;
Pâris et Hélène.

« Je le vois encore, racontait cet officier de santé à l'artiste, avec les manches de sa capote qui n'étaient jamais passées. »

Et Meissonier eut toujours, à toutes les périodes de sa vie artistique, cette conscience professionnelle, ce souci minutieux du détail le plus infime apparemment, mais infiniment précieux pour lui, en n'importe quelle composition. Lorsqu'il commença à faire des scènes Louis XV, il avait recueilli des culottes de drap, des vestes de soie brochée, des gilets brodés, des cravates de dentelle, des perruques, des bas chinés, des souliers à boucles, etc. Il lui manquait une chemise de l'époque, et c'était son grand désespoir. Sur un patron qu'il avait lui-même coupé, sa femme se mit à confectionner une chemise. Mais la chemise n'allait pas à son gré. Alors, il court à la Bibliothèque royale, demande la Grande Encyclopédie, l'ouvre à l'article LINGERIE, et lit, ô bonheur! qu'au dix-huitième siècle la batiste se taillait non droit fil, comme au dix-neuvième, mais en biais, procédé qui permettait de donner plus de souplesse et de finesse aux plissés des jabots et des manchettes; et ainsi fut fait pour la chemise.

Lorsque M. de Chennevières, directeur des beaux-arts, répartit les travaux de décoration du Panthéon, il comprit Gustave Moreau parmi les artistes auxquels ils seraient confiés. Gustave Moreau répondit par un refus à la communication qui lui fut faite de la décision qui le concernait, en alléguant sa trop grande inexpérience de la peinture décorative.

Chapu reçut un jour la commande d'une statue de Washington, qui devait lui être payée cent mille francs; il la refusa, craignant, dit-il, de ne pouvoir y porter tous ses soins, en raison des travaux qu'il avait à exécuter à ce moment-là.

Quand Baudry reçut la commande de la décoration d'une des chapelles latérales du Panthéon, où il devait représenter plusieurs épisodes de la Vie de Jeanne d'Arc, — décoration que la mort l'a empêché d'exécuter, — sa première préoccupation fut de s'informer avec précision de toute l'histoire du moyen âge pendant la période de l'héroïne, et de se documenter, d'après les monuments et les manuscrits, sur l'art, le mobilier, et le costume. Il étudia, le crayon à la main, les trésors bibliographiques de l'Arsenal, de la Bibliothèque nationale : la *Chronique de Normandie*, la *Chronique d'Angleterre*, le *Livre des merveilles du monde*, les *Heures d'Isabeau Stuart*, le *Miroir historial de France*, *Froissard*, *Renaud de Montauban*, *Gérard de Nevers*, *Lancelot du Lac*, etc. Après sa mort, on a trouvé de nombreux cartons et albums, remplis de notes et de croquis se rapportant à ces études, poursuivies avec une véritable passion. Eugène Guillaume, qui les a feuilletés, écrit : « Des heures sont nécessaires pour parcourir ces documents, et se faire une idée de ce qu'ils embrassent. Ils sont annotés avec soin. Ici, ce sont des détails de forme reproduits avec une accentuation particulière ; là, des indications et des touches de couleurs ; partout il y a un texte indiquant au moins la provenance. Évidemment, chaque chose a été faite avec une prévision. Ces notes captivent, elles sont pleines d'une vie latente. L'œuvre n'est pas née ; on assiste au mystère de sa gestation. » Ce travail de recherches archéologiques achevé à Paris, Baudry voulut le poursuivre à Lille et à Bruxelles, sur les manuscrits provenant de la bibliothèque des ducs de Bourgogne, en Touraine où il avait appris que se trouvaient des portraits des compagnons de Jeanne d'Arc, la Trémoille, Xaintrailles, etc. Un jour, il s'enquiert auprès des archéologues lillois si le tombeau de Louis le Mâle, un des ancêtres des ducs de Bourgogne, subsiste encore dans la collégiale de Lille ; dans l'affirma-

E. BARRIAS

SCULPTEUR

Né en 1841.

———

PRINCIPALES ŒUVRES

Les Premières Funérailles; — *Mozart enfant;*
Monument de la Défense nationale, à Courbevoie (Seine);
Monument de Victor Hugo, à Paris;
Tombeau du peintre Guillaumet;
La Fortune et l'Amour.

tive, il s'empressera d'aller dessiner les nombreux personnages qui doivent le décorer, parce qu'ils sont du temps de
la Pucelle. Il juge ensuite indispensable de suivre, étape
par étape, Jeanne d'Arc dans sa campagne militaire. Il
va, avec son frère Ambroise, à Chinon; puis, en compagnie d'un archéologue orléanais, « très ferré sur son
siège », il « fouille le vieux pont, les tourelles, les bastil-
les », écrivait-il humoristiquement à un ami. Quicherat,
l'illustre archéologue, disait un jour à un collègue de l'A-
cadémie des inscriptions et belles-lettres : « Personne ne
connaît la première moitié du quinzième siècle comme
Baudry. »

On comprendra l'enthousiasme de l'artiste, son ardeur
à préparer l'œuvre qu'il rêvait, et dont il voulait faire son
œuvre capitale, quand on saura que son premier livre
d'histoire fut une *Vie de Jeanne d'Arc,* qui lui avait été
donnée en prix, à l'âge de douze ans, et dont la lecture
avait fait sur son imagination d'enfant une impression si
vive, et avait ému son cœur à tel point qu'à cinquante
ans il ne pouvait y penser sans pleurer. L'artiste ne se
sépara jamais de ce vieux livre, qui a été trouvé au premier rang de sa bibliothèque, tout usé, à côté de Shakespeare et de Montaigne.

Lors de l'inventaire méthodique de l'atelier de Puvis de
Chavannes, le classement des esquisses et des dessins cor-
respondant à chacune des grandes compositions décoratives du maître a donné les chiffres suivants : le Panthéon,
300; l'hôtel de ville de Paris, 230; la Sorbonne, 200; le
musée de Lyon, 340; le musée d'Amiens, 400; le musée
de Rouen, 200; la Bibliothèque publique de Boston, 250.

Les matériaux de certains tableaux célèbres n'étaient
pas moins considérables. Ainsi, on trouva quarante esquisses, toutes différentes de dispositions, pour les *Femmes au bord de la mer;* le *Pauvre Pêcheur* comptait sept

variantes, et l'*Enfant prodigue* quatre, exécutées dans les dimensions de l'œuvre définitive.

※

En 1879, Detaille recevait du gouvernement la commande d'un grand tableau représentant la Revue du 14 juillet de cette année, où avait eu lieu la distribution des nouveaux drapeaux à l'armée française. Exposé au Salon de 1884, le tableau fut très critiqué. L'artiste reconnut loyalement qu'il s'était trompé : le document historique avait dévoré l'œuvre d'art. Sans hésiter, Detaille détruisit la toile : elle représentait deux années de travail.

※

Dans l'ouvrage qu'il a consacré à Dalou, Maurice Dreyfous rapporte le fait suivant : « Lanteri, qui assistait Dalou dans ses travaux avec une affection et un désintéressement absolus et avec une touchante modestie, arriva un matin Glebe Palace (l'atelier du sculpteur à Londres), et trouva tombée, écrasée sur le sol, une statuette de femme, à la coiffure compliquée, un portrait debout en robe moderne. Dalou avait passé sur cette statuette un temps incroyable, étant surtout donné sa patte exceptionnelle, il y avait peiné, et aussi ragé terriblement. Le modèle, qui devait partir en voyage ce même matin, avait donné, la veille, sa dernière séance de pose, et le cuiseur devait enlever la terre incontinent. Lanteri court à Trafalgar square (la demeure privée de Dalou); il entre en coup de vent et conte l'accident : « La statuette de Mlle de Rothschild est tombée, ce n'est plus qu'une bouillie informe. Mlle de Rothschild part tout à l'heure, et elle compte sur sa statuette. Que pensez-vous faire? — Eh bien! riposta Dalou, rendez-moi le service de sauter dans un cab et d'aller faire part de l'accident à Mlle de Rothschild, en lui disant que je me mets à sa disposition pour de nouvelles séances dès son retour de voyage. » Ainsi fut fait. Et Lan-

teri revint avec un chèque de cent livres sterling (2,500 fr.)
que venait de lui remettre Mlle de Rothschild. « Rapportez
vite ça, je vous en prie, s'écria Dalou en voyant le chèque,
rapportez vite ça! La statuette n'est pas tombée du tout.
C'est moi qui l'ai jetée par terre. Ce bibelot me dégoû-
tait. »

D'après le biographe du grand sculpteur, ce que d'œuvres terminées ont subi le même sort, pour les mêmes
motifs, est incroyable. Quand il quitta Londres, Dalou
donna l'ordre à Lanteri de détruire les moules de la plupart
des sculptures qu'il avait exécutées pendant son séjour
en Angleterre, et dont la reproduction pouvait lui assurer
une dizaine de mille francs de revenus annuels; et il moti-
vait ainsi sa décision irrévocable : toutes ces œuvres lui
semblaient mauvaises, il avait fait fausse route en les
exécutant, il fallait que les moules en disparussent à tout
jamais.

CHAPITRE X

L'ordre et la méthode.

— Être artiste, c'est être apte à inventer, à choisir, à comparer les combinaisons harmonieuses diverses, les plus conformes à l'idéal prescrit par le tempérament.

— Inventer, c'est-à-dire trouver, — suivant l'étymologie du mot, — est, entre un groupe de sensations éprouvées, retenir ou éliminer les unes, inférioriser ou supérioriser les autres.

— Tant que, dans un modèle, dans un site, il n'y a rien qui détermine un choix de sensations, il n'y a pas de motifs.

— Devant un modèle, l'artiste n'invente ni le corps, ni les gestes, ni l'allure ; devant un site, ni le sol, ni les arbres, ni le ciel ; il choisit, entre toutes les sensations éprouvées, celles qui correspondent le mieux à son idéal, à ses aspirations, à ses curiosités.

— L'effet est le résultat obtenu de cette opération, c'est-à-dire l'harmonie établie entre les sensations choisies par l'artiste.

— L'œuvre d'art, comme l'être vivant, naît, grandit, et se développe, en s'assimilant les éléments qui lui conviennent, et en rejetant ceux qui lui sont inutiles ou nuisibles.

— Il faut bien se mettre en tête qu'en art, pas plus qu'en

toute autre manifestation de l'activité humaine, il n'y a de hasard.

— Ce que l'artiste, le plus souvent, considère comme une chose bien trouvée, n'est que la conséquence logique d'un raisonnement instinctif.

— La clarté, c'est-à-dire l'ordre et la méthode, avec laquelle sont exprimées les sensations, détermine la suggestion, parce que, dans l'impression d'être uni de cœur et d'âme avec l'artiste, la satisfaction du spectateur est d'autant plus grande qu'il lui semble éprouver lui-même ces sensations.

— Le plaisir qu'on ressent devant une œuvre d'art vient du sentiment de bonheur et de la sensation d'aise qu'éprouve l'âme d'y trouver de l'ordre, de la méthode, c'est-à-dire l'harmonie.

Ingres, Delacroix, Daumier, sont de grands dessinateurs. Ils sont grands parce que savants, savants par la rigueur qu'ils apportent dans les applications diverses des lois naturelles de la lumière : applications volontaires donnant à la distribution des valeurs, comme aux contrastes provenant de la couleur, la suprème expression des formes : applications logiques dominant de toute la puissance d'un principe l'observation momentanée et empirique, appelée par les artistes étude d'après nature.

J'admire Raffet comme un grand maître, et de la qualité la plus singulière. C'est un maître qui dans le « détail » ne fait pas le « morceau ».

BRACQUEMOND.

Ma méthode de travail m'interdit les ouvrages hâtifs. La conception (ou la composition) est pour moi le plus difficile de l'œuvre et ne peut se faire qu'avec une connaissance très approfondie du sujet. C'est une suite persistante d'études et d'efforts qui conduisent graduellement à un résumé logique, au meilleur choix parmi toutes les idées et toutes les formes qui se présentent; une même logique enchaîne la composition à l'exécution jusqu'à la fin. C'est un tout, une synthèse qui ne peut ni se diviser ni se réduire.

CHAPU.

La méthode n'exclut pas l'entrain, ni même la fougue.

DALOU.

Chose admirable et accablante! La nature détaille et résume tout à la fois. Nous ne pouvons tout au plus que résumer, heureux quand nous le savons faire. Les petits esprits préfèrent le détail. Les maîtres seuls sont d'intelligence avec la nature; ils l'ont tant observée qu'à leur tour ils la font comprendre. Ils ont appris d'elle ce sens de simplicité qui est la clef de tant de mystères. Elle leur a fait voir que le but est d'exprimer, et que, pour y arriver, les moyens les plus simples sont les meilleurs. Elle leur a dit que l'idée est légère et demande à être peu vêtue. Devais-je donc venir si loin du Louvre chercher cette importante exhortation de voir les choses par le côté simple, pour en obtenir la forme vraie et grande?

FROMENTIN.

Être peintre, c'est être habitué par métier à une logique rigoureuse, à trouver le comment et le pourquoi, à remonter des effets aux causes.

C'est l'harmonie entre les parties, c'est l'unité d'impression, qui fait le charme des petites choses et la force des grandes; pour assurer cette harmonie, cette unité, il faut voir et sentir le tout en traitant la partie; autrement rien n'est en scène.

Tout doit être en place, l'expression comme le geste, comme le moindre détail matériel : le spectateur, alors, est enveloppé de tous côtés par une atmosphère homogène dont tout est imprégné.

MEISSONIER.

Ne livrez rien au hasard. Installez, installez ferme votre théâtre, votre scène, que ça ne danse pas : voilà pour la première exigence des yeux; après on brode. Ne pas faire un geste pour un geste qui en contrecarrerait un autre. Si vous faites dans un tableau des gens d'un certain métier, il faut qu'ils se reconnaissent dans la moindre de leurs actions.

PUVIS DE CHAVANNES.

Entendons-nous sur le mot *fini*. Ce qui finit un tableau, ce n'est pas la quantité des détails, c'est la justesse de l'ensemble. Un tableau n'est pas limité par le cadre. N'importe dans quel sujet, il y a un objet principal sur lequel vos yeux se reposent continuellement; les autres objets n'en sont que le complément. Ils vous intéressent moins ; après cela, il n'y a plus rien pour votre œil. Voilà la vraie limite du tableau. Cet objet principal devra frapper aussi davantage celui qui regarde votre œuvre. Il faut toujours y revenir, affirmer de plus en plus sa couleur. Si, au contraire, votre tableau contient un détail précieux, égal d'un bout à l'autre de la toile, le spectateur le regardera avec indifférence. Tout l'intéressant également, rien ne l'intéresse. Il n'y aura pas de limites, votre tableau pourra se prolonger indéfiniment. Jamais vous n'en aurez fini. L'ensemble seul finit dans un tableau.

TH. ROUSSEAU.

La nature met toujours du style dans ses productions, parce qu'elle procède suivant un ordre logique, adoptant les formes qui sont la conséquence de la destination, aussi bien dans les séries inorganiques que dans les séries organiques.

VIOLLET-LE-DUC.

Rude avait l'habitude de remettre à chaque élève nouveau, le jour où il entrait dans son atelier, un compas et une équerre, pour lui indiquer que l'ordre et la méthode, figurés par ces deux outils, sont la base du métier de sculpteur.

Cette habitude lui vint d'un conseil que lui donna son ami Gaspard Monge, au cours d'une conversation où le sculpteur, à ses débuts, se plaignait au savant des difficultés qu'il éprouvait à traduire le modèle vivant : se servir constamment du compas et de l'équerre.

＊＊

Au Salon de 1864, J.-F. Millet avait exposé un de ses tableaux les plus originaux et les plus typiques, *la Naissance du veau*, dans lequel se manifeste le mieux sa constante pratique des principes artistiques essentiels : l'ordre et la méthode. La critique lui fut défavorable, et se méprit complètement sur le caractère de cette œuvre superbe. Le peintre entreprit de la défendre auprès de ses amis, et le fit avec éloquence et esprit, dans la lettre suivante, adressée à Sensier, son protecteur dévoué :

« A propos de ce que Jean Rousseau a dit sur nos hommes, portant un veau comme si c'était le saint sacrement ou le bœuf Apis, comment voudraient-ils donc qu'ils le portent? S'il admet que mes hommes portent bien, je ne lui en demande pas plus long pour ma satisfaction, et voici ce que je lui dirais : l'expression de deux hommes portant quelque chose sur une civière est en raison du poids qui pend au bout de leurs bras. Ainsi, à poids égal, qu'ils portent l'arche sainte ou un veau, un lingot d'or ou un caillou, ils donnent juste le même résultat d'expression. Et, quand même ces hommes seraient le plus pénétrés d'admiration pour ce qu'ils portent, la loi du poids les domine, et leur expression ne peut marquer autre chose que ce poids. S'ils le déposent à terre pour un moment, qu'ils se remettent à le porter, la loi du poids se démontrera toute seule. Plus ces hommes tiendront à la conservation de l'objet porté, plus ils prendront une manière précautionneuse de marcher, et chercheront le bon accord de leurs pas; mais il faut, dans tous les cas et toujours, cette dernière condition de l'accord, qui ferait plus

J.-F. MILLET

LE PEINTRE DES PAYSANS

1814-1875.

PRINCIPALES ŒUVRES

L'Angélus : — Les Glaneuses ; — La Tonte : — La Becquée ;
La Fin de la journée ; — La Porteuse d'eau ; — Le Vanneur ;
L'Homme à la houe ; — L'Église de Gréville ;
La Tondeuse de moutons ; — Le Printemps.

que décupler la fatigue, si on n'y obéissait pas. Et voici toute trouvée et toute simple la cause de cette tant reprochée solennité. Mais les occasions ne manquent pas à Paris de voir deux commissionnaires portant une commode sur un brancard. On verra comme ils savent cadencer leurs pas. Que M. Rousseau et un de ses amis essayent d'en porter autant en voulant marcher de leur pas ordinaire ! Ces messieurs ne savent donc pas qu'un manque d'accord dans la marche pourrait faire sauter ce qu'on porte ? Assez. »

J.-F. Millet revenait sur cette question dans cette déclaration énergique : « Je voudrais que les êtres que je représente aient l'air voués à leur position et qu'il soit impossible d'imaginer qu'il leur puisse venir à l'idée d'être autre chose. Gens et choses doivent être là pour une fin. Je désire de même bien pleinement et forcément ce qui est nécessaire, car je crois qu'il vaudrait presque mieux que les choses faiblement dites ne fussent pas dites, parce qu'elles en sont comme déflorées et gâtées ; mais je professe la plus grande horreur pour les inutilités (si brillantes qu'elles soient) et les remplissages, ces choses ne pouvant donner d'autre résultat que la distraction et l'affaiblissement. »

✺

Dans la préface du catalogue de l'exposition des œuvres de Paul Baudry à l'École des beaux-arts, Eugène Guillaume nous a révélé la méthode de travail adoptée par l'artiste pour la composition de ses peintures du foyer de l'Opéra de Paris. D'abord, Paul Baudry avait dressé un programme de l'œuvre envisagée dans son ensemble ; mais cela ne lui suffisait pas. Pour chaque sujet particulier, il commençait aussi par s'en faire à lui-même une description écrite. Il se désignait la place des personnages et des groupes ; il en définissait l'action, l'expression, et le caractère. Quelquefois, après avoir tracé le cadre d'une composition, il le remplissait, non de figures, mais de notes qui devenaient le fantôme intellectuel de ce qui devait être un tableau. Il lui semblait que la double faculté qu'a l'arliste de créer et de juger à la fois s'exerçait ainsi avec plus de sûreté. Puis, quand il s'était bien entendu avec lui-même, quand l'idée était arrivée à une parfaite clarté, il la mettait en peinture. Cela rappelait Racine écrivant d'abord ses tragédies en prose. Quant à Baudry, au fond, il était logique : il s'agissait d'allégories, et l'allégorie est un jeu de la raison. Il trouvait, à cette manière de faire, un grand avantage : c'est qu'après s'être mis en règle avec l'idée, il n'avait plus à tâtonner, à raturer avec le pinceau.

Tous ceux qui ont visité l'hôtel de ville de Paris ont gardé le souvenir des deux grandes compositions décoratives de Puvis de Chavannes, l'*Été* et l'*Hiver*, placées dans un des premiers salons d'arrivée. Ces compositions prouvent combien cet artiste au tempérament si impulsif, et d'une si énergique combativité d'idées, guidait constamment son imagination par la plus rigoureuse logique, et se préoccupait consciencieusement des conditions matérielles de l'édifice, afin d'adapter, pour ainsi dire mathématiquement, sa peinture à ces conditions. J'en parle d'après ses confidences personnelles. Le salon qu'il doit décorer est un salon d'arrivée. On y débouche directement des grands escaliers, face à la paroi principale ; et deux immenses arcatures à ces extrémités le mettent en communication d'un côté avec une galerie de passage, conduisant au salon des Lettres, des Sciences et des Arts, et de l'autre avec la salle à manger et la galerie des Fêtes. Les invités ne s'arrêtent là que pour saluer leurs hôtes ; et, pour éviter l'encombrement, passent immédiatement dans les salons voisins. Il ne fallait donc mettre sous leurs yeux qu'un spectacle de vision rapide, rappelant à l'imagination des sensations anciennes, bien plus qu'en éveillant de nouvelles. Le thème, par conséquent, ne pouvait être que d'idées familières, traduites par de grandes lignes sur de vastes plans, avec quelques personnages n'ayant d'autres fonctions que d'animer le paysage, sans retenir particu-

E. FROMENTIN
PEINTRE ET ÉCRIVAIN
1820-1876.

PRINCIPALES ŒUVRES D'ART

Les Gorges de la Chiffa; — La Chasse à la gazelle; — La Chasse au faucon;
Campement arabe; — Une Audience chez le calife;
Le Bivouac au lever du jour;
Les Bateleurs nègres; — Les Fauconniers arabes;

ŒUVRES LITTÉRAIRES

Les Maîtres d'autrefois; — Une Année dans le Sahel;
Un Été dans le Sahara.

lièrement l'attention par une action spéciale, imprévue.
Et, comme dans une pièce aux dimensions relativement
étroites, le parallélisme de deux peintures présentant des
sujets peu différents et le même sentiment décoratif amè-
nerait fatalement de la monotonie, les principes d'ordre
et de méthode imposaient l'obligation de les différencier
nettement à tous les points de vue. Et c'est ainsi que Puvis
de Chavannes a peint là l'*Été*, avec quelques personnages
qui se baignent, et l'*Hiver*, avec des bûcherons, pittoresque antithèse de spectacles et de sensations, immenses
fenêtres ouvertes sur la nature par un poète, pour reposer
les yeux et l'âme de la lumière factice et de la joie fiévreuse
des modernes mondanités.

Quand Puvis de Chavannes travaillait à ses compositions
du Panthéon, dans son atelier de Neuilly, il se rendait fréquemment dans l'édifice pour comparer le ton de la pierre
avec le ton de sa peinture, au moyen de pochades fixées
soigneusement sur un carnet. Comme, un jour, Ph. de Chennevières lui racontait qu'un de ses collègues en décoration
avait déclaré que, quant à lui, il ne s'occuperait que de
peindre à sa manière et qu'il se f... de la muraille, le maître répliqua énergiquement : « S'il se f... de la muraille,
la muraille le vomira. »

Le *1814* de Meissonier, l'un de ses plus fameux tableaux,
est un exemple superbe de l'application rigoureuse des
principes d'ordre et de méthode dans l'exécution d'une
œuvre d'art. Il appartient à la série des compositions rêvées
par le grand peintre pour synthétiser la Vie de Napoléon,
et représente la période des revers lugubres après les victoires éclatantes. « *1814*, a écrit le maître, dans ses *Souvenirs et Entretiens*, c'est la campagne de France. Personne
ne croit plus en lui. Le doute est venu. Lui seul imagine encore que tout peut ne pas être perdu. » Pendant

de nombreux mois, suivant son habitude, Meissonier porta cette œuvre dans son cerveau; et il avait entassé les matériaux avant de commencer à la peindre d'après le modèle, en plein air, au cours de l'hiver de 1863. L'exécution du tableau fut retardée un assez long temps, parce que la neige n'était pas encore tombée. « Quand elle couvrit en quantité suffisante le sol de son jardin, contait un jour le fils du maître à Thiébaut-Sisson, mon père prit immédiatement ses mesures, fit piétiner par ses domestiques et défoncer par des tombereaux le terrain. L'aspect devint boueux, sale et lamentable à souhait. Alors seulement mon père se mit au travail en plein air, fit poser ses modèles à cheval, malgré la rigueur de la température, dans la neige, et, avec une activité prodigieuse, pressa les études des détails, pour que la documentation fût complète avant l'arrivée du dégel. Le temps, fort heureusement, se maintint, pendant toute la durée nécessaire, tantôt au froid et tantôt à la neige, mais toujours avec le même ciel triste et noir, chargé de nuages opaques, avec le ciel enfin qu'il fallait pour obtenir l'effet désiré. » Comme le costume de Napoléon était trop petit pour le modèle qu'il avait choisi, Meissonier l'endossa. « La redingote lui allait comme un gant, le chapeau lui emboîtait la tête étroitement. » Alors il posa lui-même, et, ayant fait dresser devant lui une grande glace, il copia sa silhouette et le fond sur lequel il s'enlevait, sans se préoccuper du froid intense. « Des amis, ajoute son fils, essayèrent de le convaincre qu'il se donnait un mal inutile. Le fond de paysage une fois fait, pourquoi ne rentrerait-il pas à l'atelier, bien au chaud, pour peindre les figures? Mon père leur fit justement observer que dans l'atelier il lui manquerait les valeurs, les rapports des tons des figures avec le paysage, et tint bon. Jusqu'au bout, toutes les études furent achevées dans les mêmes conditions. » Dans les *Souvenirs et Entretiens*, on peut lire sur le *1814* plusieurs notes dans lesquelles l'artiste expose les raisons très précises qui lui firent adopter dans la composition du tableau certaines dispositions très originales, dont le spectateur est immédiatement

MONUMENT DE MEISSONIER
(Jardin de l'Infante, Louvre).

PRINCIPALES ŒUVRES DE MEISSONIER
PEINTRE
1815-1891.

*1805, Austerlitz ; — 1806, Iéna ; — 1807, Friedland ; — 1814, Campagne de France ;
Napoléon Ier et son état-major ; — Napoléon III à Solférino ;
Les Amateurs de peinture ; — La Lecture chez Diderot ;
La Rixe ; — Les Bravi.*

frappé. « Dans le *1814*, dit-il, pour obtenir l'effet, je me suis placé à trois pas de l'empereur. La décroissance se faisait alors brusquement, et la figure de l'empereur grandissait. Si je m'étais placé plus loin, tout était perdu; le terrain étudié, vu immédiatement, tout rend l'effet plus saisissant... La brusque décroissance de la ligne des hommes est un des effets voulus. Un autre aurait peut-être cherché à montrer le plus de figures possible, mais j'ai voulu que tout cela, à perte de vue, s'enfonçât dans le lointain. L'empereur grandit alors et devient saisissant avec les maréchaux derrière, si individuels, si personnels dans leurs habitudes, comme Ney qui n'enfilait jamais les manches de sa capote; à quelque distance, l'infanterie, marchant en ligne parallèle, tambours en avant; si petits qu'ils soient, on voit briller leurs regards. Regardez celui-là, le premier du rang, qui bat sans oser tourner la tête, mais qui regarde de côté l'empereur sur son cheval blanc. »

Au cours des entretiens fréquents que j'ai eus avec lui, lors de la composition du livre consacré à son œuvre, Detaille m'a exposé ainsi lui-même sa méthode de travail, intéressante à connaître pour un jeune artiste :

« Je compose un tableau dans ma tête comme un musicien compose, sans piano; mais, pour la gestation, il faut la promenade, la solitude, le grand air, la nature. Tel tableau demande des mois entiers de réflexion intérieure; il en est d'autres qui ont germé dans mon cerveau pendant des années. C'est seulement quand je l'ai vue intérieurement que je jette sur le papier ma vision, qui apparaît alors complète, et que je modifie rarement. Bien entendu, il n'y a pas de méthode absolue qui ne comporte des exceptions. Il m'est arrivé de modifier ma première vision; mais cette modification est presque instantanée et n'exige pas de longs et pénibles remaniements. Si je prenais une toile blanche et un fusain, avec l'idée de chercher un tableau, je ne trouverais rien. Donc, je compose par la pensée, et même les choses les plus compliquées, surtout les choses compliquées, qu'il faut voir par grandes masses.

« Alors commence le travail de la mise au net de ma pensée, que je ne laisse pas au hasard, car je fais toujours d'après nature ces premières indications sommaires; je déteste les barbouillages où le hasard joue le plus grand rôle. Si je fais un grand tableau, mon esquisse est très arrêtée et très mûrie, sans être pour cela ce qui s'appelle exécutée. Cette esquisse de petite dimension me sert pour la mise en place sur la grande toile. J'ai beaucoup de mal à peindre d'après des études. Je perds tout mon entrain en me copiant, et c'est toujours directement d'après nature que j'exécute un morceau. Ce n'est pas toujours commode ; mais l'exécution est bien plus franche et plus vivante au contact direct de la nature. Un système que j'emploie souvent, et que j'aime beaucoup, est d'exécuter d'abord le paysage, très à l'effet, très poussé, très serré, d'après nature, et d'y mettre ensuite les figures qui doivent entrer dans la composition. »

Roty, interviewé par Thiébaut-Sisson sur sa méthode de travail, répondait à l'écrivain : « Je fais comme les camarades quand un sujet m'est donné. Je réfléchis, je me désespère, et je décide que je ne réussirai jamais à faire sortir de ma pauvre tête quelque chose d'à peu près présentable. Pourtant, après avoir bien pensé, bien espéré, et bien désespéré, un beau jour, ça prend forme. Je jette un croquis sur le papier, suivi de beaucoup d'autres, et enfin je prends le modèle vivant pour affirmer les mouvements que j'ai entrevus. Je fais des dessins, ce que les grands maîtres appellent des cartons. Si mes personnages doivent être drapés, je fais de petits mannequins en terre, que je drape avec n'importe quel bout de chiffon, ou bien je drape le modèle, ce qui est mieux et plus vrai. »

CHAPITRE XI

L'observation.

— L'observation en art est l'attention dirigée du côté de la nature, du côté extérieur de la vie.

— Observer, c'est suivre une série d'impressions avec un intérêt constamment renouvelé.

— D'instinct, et par nécessité, tout artiste est observateur.

— Pour bien peindre, la première condition est de bien voir, de bien observer.

— Rien ne se crée spontanément. Pour faire quoi que ce soit, il faut des matériaux. C'est l'observation qui fournit des matériaux à l'imagination.

— Or, l'imagination est la faculté de revoir en quelque sorte les objets qui ne sont plus sous nos yeux. Les images que l'imagination évoque sont les souvenirs des sensations perçues.

— C'est avec ces images, constamment ravivées, que l'artiste habille la manière de squelette que lui a donnée la vision.

— L'artiste qui ne puiserait pas continuellement par l'observation à la source de vie et de vérité, la nature, qui prétendrait tout tirer de son propre fonds, se condamnerait à la stérilité.

— L'observation est un effort laborieux, auquel il faut s'entraîner par l'éducation, par une sévère discipline de l'intelligence et de la vue.

— La puissance d'observation est la mesure de la supériorité de l'artiste.

Je cherche constamment, je m'intéresse à tout ce que je vois; et j'y prends ce qui me paraît pouvoir fournir un sujet de tableau.

BOUGUEREAU.

Le vrai peintre doit tout croquer sous le feu.

CHARLET.

Beaucoup voir, s'habituer à se rappeler toute chose par un trait, par une simple ligne.

TH. CHASSÉRIAU.

C'est l'esprit de la nature qu'il faut trouver à sa façon et suivant les besoins de son sujet et aussi de son temps; mais s'efforcer d'en rendre strictement la lettre est une erreur grossière. Et voilà pourquoi la rose nature, peinte sur la porcelaine, avec et y compris la fameuse goutte de rosée, est une ineptie, tandis que les fleurs interprétées, peintes sur les faïences persanes, sont des merveilles.

DALOU.

Si vous n'êtes pas assez habile pour faire le croquis d'un homme qui se jette par la fenêtre pendant le temps qu'il met à tomber du quatrième étage sur le sol, vous ne pourrez jamais produire de grandes machines.

DELACROIX.

DURET

SCULPTEUR

1804-1865.

PRINCIPALES ŒUVRES

La Comédie, la Tragédie
(Théâtre-Français, à Paris) ;
Vendangeur improvisant : — Pécheur dansant la tarentelle ;
Cariatides du tombeau de Napoléon, aux Invalides ;
La Fontaine Saint-Michel, à Paris ;
Statue de Molière, à l'Institut.

Je cherche surtout à faire ce que j'ai vu et ce qui m'a frappé.

J'ai appris la peinture un peu à la façon des conscrits de 1813, qui faisaient en route leur éducation.

DETAILLE.

Je m'aperçois que vous avez tous de l'adresse et du métier ; mais il vous manque trois choses pour faire des progrès : l'observation, la comparaison, et le jugement. Il faut vous exercer à voir juste et vite, pour savoir la pose, le mouvement, et le caractère. Observez, comparez, mesurez, vous copierez fidèlement. Mais il vous restera ensuite à former votre goût, à savoir choisir, à vous élever de la nature au style, de la prose à la poésie, c'est-à-dire à embrasser l'art tout entier.

DURET.

Tâchez de regarder ; il n'y a que les maîtres qui savent regarder.

HENNER.

L'art, on ne saurait le dissimuler, n'a plus absolument son point de départ dans l'idéal ; il s'élève à l'idéal en prenant pour guide l'observation de la nature et l'imitation.

E. GUILLAUME.

Ayez toujours un carnet en poche, et notez en quatre coups de crayon les objets qui vous frappent, si vous n'avez pas le temps de les indiquer entièrement. Mais si vous avez le loisir de faire un croquis plus précis, emparez-vous du modèle avec amour, envisagez-le, et reproduisez-le sous toutes les formes, de manière à le loger dans votre tête, à l'y incruster comme votre propriété.

INGRES.

Comme je n'ai vu de ma vie autre chose que les champs,

je tâche de dire, comme je pense, ce que j'ai vu et éprouvé quand j'y travaillais.

J.-F. Millet.

Croyez bien que je ne cherche pas l'originalité à tout prix, comme on se plaît à le dire. Je ne cherche pas du tout à révolutionner le public ni à l'aveugler. J'observe, je travaille d'après ce que j'ai cru avoir bien observé ; mais je peux parfaitement me ficher dedans.

H. Regnault.

Lorsque je partis pour Rome, David me conseilla de rester six mois avant de me mettre à peindre ; il voulait que ces six mois fussent employés à étudier d'abord le pays ; je l'ai fait, et m'en suis très bien trouvé.

Schnetz.

Si l'intelligence enfantine est dirigée vers l'observation, il se fait chez elle comme une sorte d'éclosion alors que la nature se réveille aux rayons du soleil printanier. L'enfant entrevoit des splendeurs qui le charment ; il ne sait pas, mais il éprouve comme un désir infini de pénétrer les secrets de cette nature qui lui montre chaque jour de nouveaux trésors.

Viollet-le-Duc.

Pendant le temps où Géricault préparait ses études pour le *Radeau de la Méduse,* un de ses amis, du nom de Lebrun, fut atteint d'une si violente jaunisse qu'il en était devenu méconnaissable. Voulant se rétablir au moyen du bon air de la campagne, il avait pris pension dans une auberge de rouliers de Sèvres. Une après-midi, Géricault, en compagnie d'un camarade, le rencontra sur la berge de la Seine. Sans reconnaître tout d'abord Lebrun, il fut si frappé du teint et des traits que la maladie avait donnés à

BOUGUEREAU

PEINTRE

né en 1825.

PRINCIPALES ŒUVRES

Décorations au Grand Théâtre de Bordeaux ;
Peintures murales à Sainte-Clotilde et à Saint-Vincent-de-Paul, de Paris
à la cathédrale de la Rochelle ;
La Vierge consolatrice: — La Vierge, l'Enfant Jésus et saint Jean-Baptiste;
Psyché et l'Amour: — L'Assaut; — Le Guêpier; — L'Aurore;
Offrande à l'Amour; — Biblis; — La Naissance de Vénus.

son visage, qu'il le suivit à l'auberge, et s'y fit servir une
chopine de vin. En le fixant, Géricault reconnut Lebrun;
il se précipita vers lui, en s'écriant : « Ah! mon ami, que
vous êtes beau! Je veux vous peindre. » Et il s'installa à
l'auberge pendant quinze jours pour faire des études d'a-
près ce modèle imprévu. C'est, dans le tableau, la figure
du père qui tient son fils mourant sur ses genoux que l'artiste a peinte d'après ces études.

✸✺

Tous les artistes connaissent le fameux portrait de Bertin l'aîné, par Ingres, qui est au Louvre, et dont on a dit
fort justement que c'était là le vrai portrait de la bourgeoi-
sie censitaire. Le premier jour où il posa, le directeur des
Débats avait voulu retirer le gilet de tricot qu'il portait
d'habitude, afin d'être portraicturé plus svelte; Ingres
s'écria : « Vous avez retiré votre tricot, Monsieur Bertin;
gardez-vous-en bien. C'est un caractère. »

✸✺

Avant d'y devenir professeur, Barye était un des plus
assidus travailleurs du Muséum d'histoire naturelle; il s'y
fit une véritable instruction professionnelle de savant natu-
raliste et une éducation supérieure d'artiste, mêlant consciencieusement les études les plus patientes d'observation
aux travaux pratiques, faisant un usage incessant du compas, dessinant et modelant, dans les cages de la ménagerie,
et dans les galeries du musée, à l'état vivant, à l'état d'é-
corché, à l'état de squelette, quadrupèdes, oiseaux, repti-
les, etc.; inscrivant sur ses calepins, avec le soin le plus
minutieux, les cotes relevées, qu'il accompagnait de notes
d'anatomie comparée. Charles Blanc a copié une page
curieuse sur le cheval, trouvée dans les papiers du maître,
qui est un exemple intéressant de sa méthode de travail :
« Le cheval de race a les oreilles courtes et mobiles, les
os lourds et minces, les joues dépourvues de chair, les

naseaux larges, les yeux beaux, noirs et à fleur de tête, l'encolure longue, le poitrail avancé, le garrot sortant, les reins ramassés, les hanches fortes, les côtes de devant et celles de derrière courtes, le ventre évidé, la croupe arrondie, les rayons supérieurs longs comme ceux du chameau, les saphènes peu apparentes, la corne noire d'une seule couleur, les crins fins et fournis, la chair dure, et la queue très grosse à sa naissance, déliée à son extrémité. Il doit avoir, en résumé, quatre choses larges : le front, le poitrail, la croupe, les membres; quatre choses longues : l'encolure, les rayons supérieurs, le ventre et les hanches; quatre courtes : les reins, le paturon, les oreilles et la queue. »

Ces études scientifiques ne suffisaient pas au maître. Dans ses préparations d'œuvre, il se préoccupait aussi de la couleur du pelage des animaux; et, pour cela, il s'était fait une peinture bien particulière, de la plus puissante originalité. Chaque année, il allait passer quelques semaines d'été dans la forêt de Fontainebleau; et, là, en présence d'un site pittoresque et sauvage, aux rochers et aux sables incendiés par le soleil, il imaginait facilement ses lions, ses tigres, ses léopards en liberté, si vivants, qu'on eût pu croire qu'il les avait peints instantanément d'après nature, dans la jungle ou dans le désert.

Et, c'est ainsi que Barye est devenu le plus grand sculpteur animalier de toutes les écoles et de tous les temps.

Je demandais une fois à Puvis de Chavannes où il avait pris le paysage du *Ludus pro patria*, d'une si grande beauté, dans lequel le maître a si superbement appliqué à la représentation de la nature son instinct de généralisation, sa méthode de synthèse, qui ne lui en faisaient prendre que ce qui était nécessaire pour la caractériser ethnographiquement, et pour l'amener au point où elle peut entrer dans un vaste ensemble décoratif, d'une unité absolue, hors du moment et de l'incident. Il me répondit en souriant : « Ce paysage, je l'ai vu par la portière d'un wagon, pendant un de mes voyages à Amiens. Au fur et à mesure que défilaient sous mes yeux ces bas-fonds de rivières bordées de saules, de vernes et d'oseraies; ces collines basses qu'empiècent si pittoresquement, dans la diversité de leurs tons et de leurs dessins, les champs de blé, de colza et de betteraves, de maigres prairies, et des petits bois très espacés, je notais dans mon cerveau les effets de lignes et de couleurs; et, de retour à mon atelier, j'en jetais sur le papier le résumé. La vision du paysage avait été pour moi si intense qu'il me semblait qu'une étude sur place en eût affaibli la sensation, et m'eût exposé à n'en retrouver plus tard, dans ma mémoire, qu'une image réduite, confuse, et sans vie. »

🙂

Eugène Delacroix était occupé, un jour, à peindre, dans un de ses tableaux, une draperie jaune; il se désespérait de ne pouvoir lui donner l'éclat rêvé. « Comment, diable, s'y prennent donc Rubens et Véronèse pour obtenir de si beaux jaunes? » Là-dessus, il abandonne sa palette, prend son chapeau, et envoie chercher une voiture par sa domestique, pour aller au Louvre. Il y avait dans Paris à ce moment — vers 1830 — des cabriolets jaune-serin : ce fut une de ces voitures qu'on lui retint. Au moment de monter dans le cabriolet, Delacroix s'arrête net : il a remarqué, à sa grande surprise, que le jaune de la voiture produisait du violet dans les ombres. Il congédie le cocher et rentre dans son atelier. Aussitôt il prend sa palette, choisit une toile vierge, et applique sur-le-champ l'observation qu'il vient de faire, à savoir que l'ombre se colore toujours légèrement de la complémentaire du clair, phénomène qui devient surtout sensible lorsque la lumière du soleil n'est pas trop vive.

Dans les *Souvenirs et Entretiens* de Meissonier, se trouve la note suivante sur son aquarelle des *Ruines des Tuileries* : « J'allais à l'Institut avec Lefuel, l'architecte du Louvre. Il est des moments où l'esprit est monté à un certain diapason. Nous passions devant les Tuileries en ruine; dans ce colossal effondrement, je fus subitement frappé de voir rayonnant intacts les noms de deux victoires incontestables, Marengo! Austerlitz! Je voyais mon tableau. Je m'installai dans les décombres d'abord, dans une guérite ensuite, et je fis l'aquarelle en huit jours. »

Bouguereau m'a conté ainsi la genèse d'un de ses tableaux, celui qu'il a eu le plus de plaisir à faire, et qu'il aime le mieux dans son œuvre si considérable, la *Biblis* : « Ce tableau m'a été inspiré par un incident d'atelier. Un de mes modèles féminins venait de demander à se reposer d'une attitude fatigante; au moment où la jeune fille se levait, elle donna instinctivement une pose si belle que je l'arrêtai d'un cri et d'un geste, en la suppliant de garder cette pose un instant. Je l'esquissai de suite, en toute hâte; et, le travail terminé, je dis à des élèves qui travaillaient avec moi : « Avez-vous vu? » Personne n'avait rien vu; moi, j'avais vu ma *Biblis.* C'est un de mes meilleurs tableaux. »

CHAPITRE XII

Le sens de la vie.

— Le véritable objet de l'art, c'est l'expression de la vie.

— L'art, c'est l'idée vivante, l'idée qui, devenant le centre de la vie intérieure, crée le corps d'images dont elle s'enveloppe extérieurement.

— La forme n'est pas un vêtement, c'est le fond même de la nature; elle sort lentement des êtres et des choses suivant leurs lois d'évolution.

— La forme vivante est l'acte de l'organisme, — expression du désir de vivre, — surpris et fixé par l'œuvre d'art.

— Il faut donc apprendre à étudier et à pénétrer le mystère de la vie des êtres et des choses.

— C'est en étudiant la vie, en toute simplicité, en toute naïveté, mais avec énergie et constance, qu'on rencontre l'émotion, la poésie, l'idéal.

— L'œuvre d'art qui contient une reproduction de la vie est l'œuvre qui a le plus de chances de durer, d'assurer la survivance de celui qui l'a créée.

— Le sens de la vie présente seul donne le sens de la vie du passé.

— Il ne suffit pas d'aller chercher dans l'histoire des

10

sujets émouvants par les passions, par les idées qu'ils représentent; pour les traduire, il faut les avoir vécus par l'imagination, grâce au sens de la vie présente.

— Ce n'est point le décor qui donne à une œuvre d'art le caractère historique, c'est le sentiment de la vie du passé qui y est exprimé.

— Le véritable artiste est celui qui vit par tous les sens, qui jouit et souffre de tout, de la lumière, des couleurs, des lignes, des harmonies, en un mot de toutes les manifestations, de toutes les formes de la vie.

J'aime passionnément la chaleur, la vie, tout ce qui est actif et vibrant.

CHAPU.

Je ne sais pas si je suis réaliste, comme on l'a dit et répété, mais je sais bien que je veux peindre mon impression sur le monde que je vois. Je ne veux pas être seulement un peintre, j'entends être un homme vivant.

COURBET.

Ah! la vie, la vie! Le monde est là, il vit, crie, souffre, s'amuse, et on ne le rend pas!

Moi, j'étais un contemplatif et je suis allé vers l'Orient, vers les pays calmes et grands, dans la vie primitive. Si ma vie était à refaire, je ferais peut-être autrement; mais, enfin, j'ai rendu les aspects et les passions, les dernières grandeurs d'une race qui s'en allait, et c'est encore de mon siècle; je n'ai pas passé ma vie à peindre la matière inerte.

Je ne veux pas dire qu'il faille avoir beaucoup d'esprit, mais voir l'esprit des choses, qui est énorme et découle de toute la nature comme l'eau coule des fontaines.

FROMENTIN.

Toute décoration ne peut être belle que dans la mesure où elle reflète la nature, et en traduit la passion.

PUVIS DE CHAVANNES.

Un artiste doit se laisser aller aux impressions diverses qu'il ressent devant la nature, et ne doit pas s'agiter et mépriser la moitié de ses bons mouvements comme n'étant pas acceptés par l'école ou la secte dont il fait partie. Oui, la nature, le vrai, l'ému et l'émouvant, la vie ou la mort, mais la vraie mort dans le mouvement, horrible ou sereine, voilà ce qu'il faut chercher.

HENRI REGNAULT.

Ainsi, il faut qu'un sauvageon ait crû dans la paix et dans la rudesse des solitudes pour qu'il y ait de beaux fruits et de beaux rosiers dans nos jardins ; de même il faut que l'âme de l'artiste ait pris sa plénitude dans l'infini de la nature, pour que nous ayons profit à la représentation qu'il fera d'un type particulier approprié à nos usages de civilisation.

TH. ROUSSEAU.

Charlet a été un des plus profonds observateurs qui se puissent étudier dans l'histoire des artistes, et qui aient eu le plus le sens de la vie. Il emboîtait le pas au soldat qu'il rencontrait, le faisait causer, lui payait à boire, provoquait ses réflexions, ses saillies, et ses confidences. Invité à dîner chez le général de Rigny, il arriva à la fin du repas : il avait trouvé sur son chemin deux troupiers très originaux de physionomie et de langage, et s'était promené avec eux de cabarets en cabarets. Le récit spirituel qu'il fit de l'aventure lui valut le pardon de la maîtresse de maison. Il jouait avec les gamins pour surprendre leurs naïvetés et leurs espiègleries ; et il s'attardait chez les marchands de vin des faubourgs de Paris, pour croquer des types et entendre des conversations pittoresques.

J.-F. Millet se promenait, un soir, avec un ami, dans la plaine de Chailly, près de Barbizon; tout à coup, il lui saisit le bras, l'arrête, et s'écrie d'une voix émue : « Voyez ces choses qui remuent là-bas dans une ombre; elles rampent en marchant, mais elles existent. Ce sont les génies de la plaine. Ce ne sont pourtant que de pauvres gens. C'est une femme toute courbée sans doute, qui rapporte sa charge d'herbes; c'est une autre qui se traîne, épuisée sous un fagot de bois. De loin, elles sont superbes, elles balancent leurs épaules sous la fatigue. Le crépuscule dévore les formes. C'est beau, c'est grand comme un mystère. »

Le maître a écrit encore, sur la conception de ses types de paysannes, ces belles pensées qui prouvent quel sens profond de la vie rustique il avait : « Quand je ferai une mère, je tâcherai de la faire belle de son seul regard sur son enfant. La beauté, c'est l'expression. Dans *la Femme qui vient de puiser de l'eau,* j'ai tâché de faire que ce ne soit ni une porteuse d'eau ni même une servante, mais la femme qui vient de puiser de l'eau pour l'usage de sa maison, l'eau pour faire la soupe à son mari et à ses enfants. Je voudrais que, dans *la Femme faisant déjeuner ses enfants,* on imagine une nichée d'oiseaux à qui leur mère donne la becquée; l'homme travaille pour nourrir ces êtres-là. »

C'est par là que l'œuvre de J.-F. Millet est vraiment puissant et émouvant.

Un marchand de tableaux disait au maître de Barbizon : « Vos vaches sentent l'écurie; ne pourriez-vous les faire un peu plus propres. On dirait qu'elles sortent du fumier. » J.-F. Millet répliqua : « Eh! d'où voulez-vous qu'elles sor-

TH. RIBOT

PEINTRE

1823-1891.

PRINCIPALES ŒUVRES

Saint Sébastien, martyr ; — Le Supplice des coins ; — Le Bon Samaritain ;
Les Philosophes ; — Le Christ et les Docteurs ;
La Mère Marieu ; — La Comptabilité ;
Les Rétameurs ; — Jeune Fille.

tent? D'un salon? Mes vaches ne vont point dans le monde. Elles ne vont qu'à l'écurie et aux champs. »

※

Avant de peindre, Delacroix mettait souvent une fleur à côté de son chevalet; et il disait : « Cette fleur est mon inspiration et mon désespoir. »

※

Pour peindre ses vastes et superbes décorations murales du Panthéon, l'*Enfance de sainte Geneviève* et le *Ravitaillement de Paris par sainte Geneviève,* Puvis de Chavannes n'a point passé des veilles et des journées à se documenter archéologiquement et historiquement sur la civilisation mérovingienne; il est allé sur les bords de la Seine, dans la plaine de Nanterre, et s'en est mis dans les yeux l'atmosphère et le paysage ; il s'est rendu aux Halles, sur le quai Saint-Bernard, au Marché aux pommes, pour y trouver les modèles des Mérovingiens qui conduisent les barques et les mulets, qui déchargent les jarres de vin, les sacs de farine, et les bannes de pains. Il a évoqué des visions de jeunesse et d'âge mur : la rencontre d'un dignitaire de l'Église, au nom inconnu, qu'il ne fit qu'entrevoir un jour, mais dont le corps ascétique, le visage anguleux, le nez aquilin et le geste impérieux avaient fixé immédiatement devant ses yeux la personnification sociale de l'épiscopat, et qui lui fournira le type si expressif de saint Germain l'Auxerrois; le souvenir d'un sacristain d'église d'un village lyonnais, qui lui suggérera le motif si original du vieillard agitant au-dessus de sa tête une cloche pour appeler la foule à se précipiter au-devant de la libératrice de Paris; et par l'austère et noble figure de *sainte Geneviève veillant sur Paris endormi,* drapée monacalement dans une modeste robe noire et dans un long voile blanc qui ne laisse voir que le visage, d'une douce et grave beauté, la représentation de sa femme si tendrement aimée.

Le sens de la vie, — supérieur à l'érudition la plus savante, parce qu'il crée, à défaut d'une certitude des faits lointains, celle des sentiments et des sensations d'une humanité immuable, — fait revivre, dans ces grandes œuvres, un passé dont l'image nous émeut, parce que la nature vivante a été pour l'artiste la source de son inspiration et de sa documentation.

Un jour de carnaval, raconte L. de Fourcaud, dans une étude sur Th. Ribot, le fils de l'artiste s'était déguisé en marmiton. Les blancs, les gris, cette harmonie singulière, qui enchante l'artiste dans la casaque à larges boutons de Pierrot, se retrouve dans la veste blanche de gâte-sauce et dans sa toque aux plis crevés. Voilà Ribot en humeur de peindre les gens de cuisine. Il brosse un premier marmiton, puis un deuxième, puis un troisième. On ne voit que lui dans les cuisines du quartier. Il aborde le Salon de 1861 avec quatre toiles culinaires. La critique s'occupe de lui. « Peinture de haulte graisse, s'écrie Théophile Gautier, et qui réjouirait Velasquez. » Ribot est sauvé de la misère. La veille, le jury repoussait tous ses tableaux ; désormais, il l'accueille avec empressement ; et le peintre des marmitons devient populaire.

Edmond de Goncourt rapporte que Tissot, le peintre de la *Vie de Jésus,* lui déclarait aimer passionnément Londres et l'Angleterre, parce qu'on y sent l'odeur du charbon et la lutte de la vie.

CHAPITRE XIII

L'idéal.

— L'idéal, c'est l'idée que l'artiste se fait de la vie, des hommes, et des choses, c'est le résumé des impressions éprouvées de ce qu'il a vu, étudié, et admiré.

— Idéal et volonté en art sont inséparables. On ne peut vouloir à vide, et on ne veut que si l'on a la conscience de l'utilité pour soi ou pour les autres de ce que l'on veut.

— On ne peut se défendre du sentiment de tristesse que fait naître la rapidité de la vie, qu'en la subordonnant à quelque idéal qu'on réalise chaque jour par un effort continu.

— Le bonheur de la vie, c'est de réaliser dans l'âge mûr le rêve de la jeunesse.

— A côté, au-dessus même de l'artiste qui exerce sa profession honorablement, avec loyauté, qui travaille pour vivre ou pour satisfaire ses goûts, il y a le penseur, à la conscience duquel l'art n'apparaît point exclusivement comme un moyen facile de parvenir à la réputation et à la fortune, mais qui le considère comme une fonction sociale, dont l'exercice est pour lui un devoir, ou, à défaut d'une telle ambition, avec un sentiment plus exact de la réalité, en fait l'expression du besoin d'être utile et bienfaisant.

— L'art pour l'art est une théorie de pessimisme, de tristesse, de décadence, et de négation.

— L'artiste ne doit produire que lorsqu'il a quelque chose à dire, que ce qu'il veut dire lui apparaît comme utile, indispensable, et représentant ce que Kant appelle : l'impératif catégorique de la moralité.

— Le but le plus élevé de l'art est de produire une émotion esthétique d'un caractère social, c'est-à-dire de faire battre le cœur de la foule par l'expression vigoureuse d'une haute pensée.

— L'art véritable n'est point l'art mystérieux, égoïste, étroit, qui se confine dans le petit cercle des gens de métier et d'amateurs ; c'est l'art qui s'adresse fièrement à la foule, et qui renferme en soi assez de grandeur, de simplicité et de sincérité pour être compris de tous, surtout des humbles et des ignorants.

L'aptitude professionnelle ne suffit point pour faire un artiste, non plus que le sens de la forme, soit le sens visuel ; il faut l'idéal, qui seul constitue la personnalité.

E. BARRIAS.

Au contact de la féconde nature, par son étude persévérante, par son ardente contemplation, vous créerez en vous un idéal qui sera bien vôtre, qui deviendra pour toujours votre force, que vous retrouverez aux heures troublées, et qui vous soutiendra au milieu des défaillances ou des amertumes de la vie.

BONNAT.

Sans idéal, il n'y a ni peintre, ni dessin, ni couleur. Et ce qu'il y a de pis que d'en manquer, c'est d'avoir cet idéal d'emprunt que ces gens-là vont apprendre à l'école, et qui ferait prendre en haine les modèles.

DELACROIX.

Ce qui me rend heureux, ce qui semble conserver ma

JEANNE D'ARC

STATUE ÉQUESTRE, PAR FRÉMIET

(Place des Pyramides, à Paris).

jeunesse, c'est la faculté puissante d'admiration que je possède toujours! Dans chaque chose, je ne vois que le bon côté, jamais le mauvais; et c'est ainsi que j'ai des jouissances artistiques nombreuses, élevées et consolatrices.

DUBAN.

Maintenez vos pensées sur les hauteurs; proposez-vous de n'exprimer que de nobles idées et de chercher pour les rendre des formes belles et pures. L'art, c'est la poésie. N'abandonnons pas ce mot si plein de sens aux seuls écrivains. S'il désigne ce qui charme le cœur et ennoblit l'âme, il nous appartient aussi bien qu'aux poètes.

En entrant à l'Académie des beaux-arts de Florence, vos yeux verront écrits en grands caractères, sur les murs qui renferment tant de trésors, ce beau vers de Pétrarque :

Levan di terra al ciel nostr' intelleto.

Restez fidèle à cette devise, qui exprime le but et la puissance de l'art, dans un langage si poétique : l'art, en effet, élève notre esprit au-dessus de la terre et le transporte jusqu'au ciel.

PAUL DUBOIS.

Celui qui ne rêve pas d'escalader le ciel, passe son temps à plein ventre.

JULES DUPRÉ.

L'artiste est celui qui voit plus grand, plus haut et plus clair que les autres hommes. « Voyez-vous cette étoile? dit-il au vulgaire. — Non! — Eh bien! moi, je la vois! »

PRÉAULT.

Pour faire de l'art, il faut se monter le coup (langage un peu trivial, mais qui rend bien ma pensée); il faut croire qu'on va faire faire à l'art un pas nouveau; sans cela, à quoi bon se donner tant de mal?

HENRI REGNAULT.

Hippolyte Flandrin s'était lié, à Rome, de l'amitié la plus profonde avec Ambroise Thomas, son camarade de l'Académie de France, qui avait obtenu le grand prix de Rome pour la musique ; ils passaient fréquemment leurs soirées ensemble, après la journée de travail, dans des causeries intimes, où ils se grisaient d'art et de poésie, où ils s'exaltaient d'enthousiasme, d'ambition, et d'idéal. Quelques années après, le grand peintre religieux rappelait au grand musicien ces heures délicieuses, dans une lettre exquise : « J'ai pensé à toi, et je me suis rappelé ce que tu me disais, un jour, en remontant le Pincio, que nous serions heureux si notre nom pouvait un jour avoir quelque éclat, si nous pouvions enfin, comme artistes, mériter quelque estime. Tu me disais cela, et j'y applaudissais ; il faut nous le redire encore, car cette excitation est bonne. »

⁂

La *Correspondance* de Henri Regnault contient, dans ses premières pages, une lettre admirable qui nous fait connaître en lui un des plus fiers exemples du culte de l'idéal. L'artiste a vingt-deux ans ; il vient d'échouer au concours du grand prix de Rome. Nullement découragé, excité au contraire par cet échec, il écrit à un de ses amis : « Je vais commencer un grand tableau de l'*Ensevelissement*, dont tu as vu une esquisse. J'ai fait tous les croquis d'après nature, et je vais avoir dans deux jours ma toile. J'entreprends là une œuvre gigantesque, mais je crois pouvoir atteindre mon but ; je sens en moi une ardeur et une vigueur qui ne me font rien trouver de trop audacieux. Je vois mon tableau dans ma tête, et je le vois superbe. »

Deux ans après, il rappelle au peintre Cazalis leur projet d'un voyage en extrême Orient, où celui-ci doit l'accompagner : « N'oublie pas l'Inde, c'est de là qu'il nous faut revenir hommes. Jusqu'à présent, je n'ai appris qu'à marcher, qu'à nager... Sois prêt pour l'automne de 1871. Partons jeunes pour être émus, pour pouvoir nous assimi-

ALPHONSE DE NEUVILLE
PEINTRE ET DESSINATEUR
1835-1885.

PRINCIPALES ŒUVRES

Les Dernières Cartouches : — Combat sur une voie ferrée ;
La Passerelle de la gare de Styring, bataille de Forbach ;
Le Cimetière de Saint-Privat ;
Un Porteur de dépêches, Sainte-Marie-aux-Chênes.

ler et boire le soleil, supporter l'éclat des marbres, des étoffes, et revenons jeunes pour créer avec force. »

La guerre de 1870-1871 a inspiré des œuvres, peintures et sculptures, qui sont parmi les plus belles que l'art contemporain ait produites. C'est le *Gloria victis,* le *Quand même!* d'Antonin Mercié; le *Monument de la Défense nationale,* de Barrias; le *Lion de Belfort,* de Bartholdi; les *Dernières Cartouches,* d'Alphonse de Neuville; *Champigny,* le *Salut aux blessés, Morsbronn,* de Detaille; *Reichshoffen,* d'Aimé Morot. Si l'on compare ces œuvres avec celles dont les guerres antérieures, depuis la Révolution jusqu'à la fin du second Empire, ont fourni les motifs et les sujets, l'esprit est immédiatement frappé des différences, des contrastes même, qu'elles présentent au point de vue de l'idéal. Le patriotisme a été l'idéal des premières; les secondes n'ont eu comme objectif que la glorification officielle des souverains et des chefs d'armée; et, alors que celles-ci effleurent à peine l'imagination d'une sensation légère, provoquée par le spectacle figé de la mort et de la souffrance, celles-là vous prennent au cœur, en invoquant douloureusement les héroïsmes inutiles, les folies sublimes, et les sacrifices suprêmes, dans la défense acharnée de la patrie. Qui ne se souvient encore aujourd'hui de l'émotion produite au Salon de 1874 par l'apparition du *Gloria victis,* qui symbolise, avec une expression si saisissante de grandeur épique et de poétique mélancolie, la protestation de la Pensée contre la Force, l'hommage de l'Humanité à la France vaincue? Si la plupart des jeunes peintres militaires conquirent rapidement la popularité, ce ut pour avoir su traduire éloquemment l'âme populaire de ce temps, tout entier à un idéal de relèvement national, par la préparation patiente et énergique des triomphes de l'avenir, dans le souvenir vivifiant des désastres du passé.

11

Frémiet a songé à sa *Jeanne d'Arc à cheval* au lendemain de la guerre de 1870-1871. « Pour en corriger l'a-
mertume comme pour réveiller notre espoir, déclare-t-il,
j'évoquais cette figure consolante ; Charles Blanc et Jules
Simon m'y encourageaient, et j'y mis, je peux le dire, tout
mon cœur. »

Le même idéal patriotique a inspiré la *Jeanne d'Arc* de
Paul Dubois, érigée sur le parvis de la cathédrale de Reims ;
la *Jeanne d'Arc* agenouillée de Chapu, si touchante ; et la
Jeanne d'Arc de E. Barrias, montant au bûcher, du monument commémoratif de Bon-Secours, à Rouen.

En 1874, Detaille peint le *Régiment qui passe*. Par un
jour de fin d'hiver, où le soleil pâle perce à peine la brume
épaisse, et ne peut fondre la neige qui couvre le sol et les
toits des maisons, près de la porte Saint-Martin, mémorial
glorieux du passage du Rhin par Louis XIV, défile un régiment. Derrière les tambours, tête haute, fier visage, bien
prises dans leur uniforme neuf, marchent les recrues. Les
rangs sont alignés, sans flottement ; les pas marquent la
cadence avec vigueur et souplesse. Groupés le long des trot-
toirs, contre les parapets des rampes, les Parisiens regardent les troupiers. Ce n'est plus la curiosité qu'on lit dans les
yeux et dans l'attitude de cette foule de bourgeois, d'ouvriers, de femmes et d'enfants, plus attendrie que joyeuse ;
c'est le recueillement ému devant l'apparition grandiose de
la patrie renaissante. Du colonel au tambour, le peintre a
fait des portraits de toutes les premières figures de son tableau. Un régiment n'a-t-il pas sa physionomie, son âme,
par l'unité des sentiments militaires et des ambitions patrio-
tiques, par l'entrain et l'aisance dans l'allure et la tenue,
que sait donner à ceux qu'il commande le chef qui les
aime, les comprend et s'en montre fier ? L'armée n'a-t-elle

EDOUARD DETAILLE

PEINTRE MILITAIRE

né en 1848.

PRINCIPALES ŒUVRES

En retraite ; — Charge du 9ᵉ régiment de cuirassiers à Morsbronn ;
En reconnaissance ; — La Défense de Champigny par la division Faron ;
Le Régiment qui passe ; — Le Rêve ;
La Sortie de la garnison de Huningue ; — Les Victimes du devoir ;
Compositions pour l'Armée française, les Cavaliers de Napoléon.

pas eu, elle aussi, sa révolution sociale? Être soldat n'est plus un métier, c'est un devoir civique que tout Français doit remplir. L'armée est la nation elle-même, qui s'instruit dans la science de la guerre, dans la pratique de l'énergie physique et morale, pour se défendre et se faire respecter.

Puis, en 1887, treize ans après, Detaille symbolise de nouveau dans le *Rêve,* cette armée nouvelle. Sur le champ de manœuvres, vaste plaine dont les blés mûrs ont été moissonnés, les soldats dorment en longues files, près des fusils et du drapeau roulé sur les baïonnettes. Dans le ciel étoilé une apparition se dessine : des fantassins qui chargent en chantant, des drapeaux qui frissonnent dans le vent au-dessus des têtes... Est-ce :

> La grande revue d'honneur
> Que dans les Champs-Élysées,
> A l'heure de minuit,
> Passe le César qui n'est plus?

Non! c'est l'espérance qui fait battre tous les cœurs; c'est... la foi qui illumine tous les visages; c'est... ce que Dieu tient dans sa main; c'est... demain!

Le *Rêve* et le *Régiment qui passe* ont été inspirés par le plus haut idéal : celui de l'amour de la patrie.

✿

Sur le Journal que Dalou tint régulièrement pendant les dernières années de sa vie, on lit ceci, à la date du 28 avril 1897 : « Je prends la résolution d'entreprendre, sans plus attendre, le monument que je rêve, depuis 1889, à la glorification des travailleurs. Ce sujet est dans l'air; il est d'époque et sera quelque jour traité par un autre; il faut prendre date. L'avenir est là, c'est le culte appelé à remplacer les mythologies passées. » La pensée de ce monument avait germé dans le cerveau de Dalou, à la suite de l'inauguration du groupe de la place de la Nation, le *Triomphe de la République.* Quelques lignes de son Journal, des confidences faites à des amis intimes, ont permis d'établir la genèse de ce projet, qui témoigne superbement de la grandeur de l'idéal qui l'avait inspiré; de reconstituer les réflexions solitaires que se fit à ce moment-là le sculpteur, et que résume ainsi nerveusement Henri Roujon, dans la préface du livre consacré à Dalou par Maurice Dreyfous : « Nous n'y sommes pas. Ils n'y sont pas du tout. Je n'y suis pas plus qu'eux. Je suis venu à cette fête pour assister à l'apothéose de ce peuple dont je sors et dont l'âme bouillonne en moi. Où était-il, le peuple? On ne l'a pas vu. De la cavalerie, des uniformes, des canons partout. Tout l'appareil a défilé du vieux monde. Où se cachait, pendant ce gala démodé, l'armée du travail? Où mes praticiens, mes ajusteurs, mes fondeurs et mes plâtriers? Où les millions de bras qui créent? Où ceux qui peinent sur la glèbe? J'ai vu des fusils et des sabres, et pas un outil. Il s'agissait de glorifier aujourd'hui pour exalter demain. Il n'y a eu qu'autrefois d'invité. Moi-même, j'ai fait œuvre d'autrefois! » Rentré chez lui, il dit à sa femme : « Je veux faire le *Monument des ouvriers.* » Dalou se mit à la besogne pour réaliser son projet grandiose; la maladie et l'exécution de commandes diverses y mirent obstacle pendant douze ans. Le monument est resté à l'état d'esquisses; mais, telles qu'elles, ces esquisses prouvent que l'œuvre définitive ne serait point restée inférieure à l'idéal qui l'avait inspirée.

CHAPITRE XIV

Le cœur et l'âme.

— Ame signifie, au propre, suivant son étymologie, ce qui anime, ce qui est le principe de tous les mouvements de la vie intérieure et de la vie extérieure.

— Ame signifie, au figuré, ce qui est le principal fondement d'une chose, qui la maintient; de là l'expression d'âme appliquée au noyau sur lequel on applique la matière en fusion, et, inversement, l'expression d'âme d'un canon.

— L'âme ne vit point seulement des impressions que lui envoie le monde extérieur, mais surtout des pensées et des sensations que fait naître la contemplation du Vrai et du Beau.

— On n'exprime que ce qu'on sent, et non ce qui est, qui presque toujours échappe à l'artiste.

— C'est le cœur qui établit entre les choses et les êtres cette mystérieuse correspondance qui fait leur poésie, et leur beauté.

— L'âme est le rayon de lumière qui fait une perle d'une goutte d'eau, tremblant au bout d'un brin d'herbe dans un pré ou sur le talus d'une route poudreuse.

— On croit qu'il y a des sujets qui portent les uns plus que les autres; de là le choix de certains sujets tenus pour essentiellement magnifiques, touchants, grandioses, etc. Or, au contraire, c'est l'artiste qui porte le sujet; par l'intérêt qu'il prend à un objet, à une idée, l'artiste le pénètre de lui-même, lui communique son cœur et son âme, et ainsi le transforme.

— Ce qui fait comprendre une chose est de la prose; ce qui la fait sentir est de la poésie.

— L'artiste n'atteint jamais mieux à la personnalité, et par conséquent n'approche de plus près le succès, qu'au moment où, s'effaçant lui-même devant son œuvre, il se laisse aller tout entier à son émotion, et ne prend conseil que de son cœur et de son âme.

— Avant de vouloir apprendre comment se traduisent les émotions, il faut cultiver et développer la faculté d'être ému. L'éducation de l'âme doit donc précéder celle de la main.

Après un insuccès, Beethoven s'écriait avec fierté : « La postérité me vengera, parce que dans mon art, je le sens, Dieu est plus près de moi que des autres hommes. » Ce cri échappé à la conscience de Beethoven, parti de son âme froissée, est la plus précieuse des révélations. Il est aussi éclatant que la plus puissante des symphonies. Il résume à lui seul tout ce que l'on a pu écrire de plus élevé, de plus profond sur les sources cachées et mystérieuses de l'inspiration.

BONNAT.

Quand un artiste donne tout ce qu'il sait, tout ce qu'il sent, quand il traduit avec sincérité son émotion, il peut, même avec des moyens techniques relativement inférieurs, arriver à produire de beaux effets.

BOUGUEREAU.

Ne vous détournez pas des œuvres du passé; appliquez-

GLORIA VICTIS

PAR A. MERCIÉ

(Hôtel de ville de Paris).

vous à deviner ce qui a produit chez les maîtres ce grand souffle d'art, cette intelligence pénétrante de la nature, cette puissance, en un mot, de pensée et de vision dont leurs œuvres sont si hautement empreintes. Quel a été leur secret? Ils ont aimé, ils ont admiré avec autant de sincérité que d'enthousiasme la grande œuvre de Dieu, ils ont demandé avec foi de tout leur cœur, et ils ont obtenu, parce que c'est aux plus fervents qu'il est le plus accordé.

CHAPU.

Qui dit artiste, dit poète. Dans tout sujet, il faut aller plus loin que la réalité. Il faut joindre à l'accent pittoresque des choses l'émotion qu'elles ont inspirée. Il faut aller jusqu'à l'expression aiguë de la sensation produite par la nature. Vous ne pouvez rendre qu'une partie bien faible de cette sensation ; aussi vous ne sauriez en monter trop haut le diapason, afin que votre œuvre en garde le plus possible l'expression et la communique à ceux qui la verront.

Il faut que votre émotion personnelle, que le caractère particulier de votre manière de sentir, se traduisent dans votre œuvre et la fassent naïvement originale.

CAROLUS DURAN.

Des choses décidées, du courage, et mettre toute son âme. Choisir la minute heureuse, aller comme une flèche sans hésiter un seul instant.

TH. CHASSÉRIAU.

M'est avis qu'en fait de peinture et de poésie, ce n'est pas le plus souvent quand on cherche qu'on trouve ; c'est quand on est touché.

LÉON COGNIET.

Il y a pour nous autres peintres quatre points principaux, à savoir : la forme par le dessin, la couleur qui résulte de la justesse des valeurs, le sentiment qui naît de l'impression, et enfin l'exécution, le rendu de cet ensemble. Pour ce qui me concerne, je crois avoir le sentiment, c'est-à-dire un peu de poésie dans l'âme qui me porte à voir ou à compléter ce que je vois d'une certaine façon.

COROT.

Pas de littérature. Soyez peintre, et ne respirez que l'amour du grand, du beau et du simple. Mettez-vous, tenez-vous dans des dispositions d'âme telles que l'idée reste très ingénue et que la plastique seule vous entraîne.

Il n'y a pas d'œuvre bien sentie qui ne soit naturellement bien peinte.

FROMENTIN.

Les facultés de sentir et de connaître que l'analyse philosophique isole sont inséparables dans nos esprits; le sentiment n'exclut pas le savoir; et savoir n'empêche pas d'être ému.

EUGÈNE GUILLAUME.

Quelque chose à dire à l'aide de son outil, voilà l'artisan artiste. Pourquoi donc se perdre en raisonnements, en théories qu'une seule touche de pinceau peut rendre au néant! N'est-ce pas assez pour le tourment d'un véritable artiste de savoir qu'il arrive à la dernière heure sans avoir fait ce qu'il voulait? Il cherchait le fond de son âme pour la montrer, pendant qu'ailleurs on cherchait le succès.

J.-P. LAURENS.

De l'âme, de l'âme, et encore de l'âme : voilà ce qu'il faut répéter à la jeunesse. Toute œuvre a pour but, objet, l'expression d'un sentiment. Si vous n'éprouvez pas ce sentiment vous-même, comment pourriez-vous l'inspirer aux autres?

Croire à son sujet est la première condition pour composer, et l'on ne croit qu'après avoir longtemps médité, longtemps laissé battre son cœur à l'unisson de ses per-

CAROLUS DURAN

PEINTRE

né en 1837.

PRINCIPALES ŒUVRES

L'Homme endormi; — L'Assassiné
(Musée de Lille);

La Dame au gant; — Lilia; — Un Soir dans l'Oise
(Musée du Luxembourg,);

Gloria Mariæ Medicis
(Palais du Luxembourg);

Vision; — Danaé; — Andromède; — Lucica;

Portraits de Mme la comtesse Vandal, de Mme Fouquier,
d'Émile de Girardin, de Charles Gounod, d'Arsène Houssaye;

Un Futur Doge; — L'Enfant bleu;

Jeunesse; — En famille.

sonnages, que lorsqu'on les a vécus, lorsqu'on en rêve. Que de nuits Napoléon a traversé mon sommeil !

MEISSONIER.

Bel art que celui qui, sous une enveloppe matérielle, miroir des beautés physiques, réfléchit également les grands élans de l'âme, de l'esprit, du cœur et de l'imagination, et répond aux besoins divers de l'être humain de tous les temps! C'est la langue de Dieu.

GUSTAVE MOREAU.

Delacroix, en villégiature à Nohant, chez George Sand, lui dit un jour, au moment de se mettre à table : « Je viens de voir, en entrant dans le parc, un motif de tableau superbe, une scène qui m'a beaucoup touché. C'était votre fermière avec sa petite-fille. J'ai pu les regarder tout à mon aise derrière un buisson où elles ne me voyaient pas. Toutes deux étaient assises sur un tronc d'arbre. La vieille avait une main posée sur l'épaule de l'enfant, qui prenait attentivement une leçon de lecture. Si j'avais une toile, je peindrais ce sujet. » L'artiste découvrit dans les communs du château un volet sans emploi; et, le lendemain, il peignait dessus l'*Éducation de la Vierge*, une œuvre du sentiment le plus délicat et d'une grâce infinie.

La lettre suivante, adressée par J.-F. Millet à un de ses amis intimes, nous fait connaître quel cœur et quelle âme le grand artiste apportait à la représentation de ses paysans.

« Je vous avouerai, au risque de passer pour un socialiste, que c'est le côté humain qui me touche le plus en art... Ce n'est jamais le côté joyeux qui m'apparaît; je ne sais pas où il est, je ne l'ai jamais vu.

« Vous êtes assis sous les arbres, éprouvant tout le bien-être, toute la tranquillité dont on puisse jouir; vous voyez déboucher d'un petit sentier une pauvre figure chargée d'un fagot. La façon inattendue et toujours frappante dont cette figure vous apparaît vous reporte instantanément vers la triste condition humaine, la fatigue.

« Dans les endroits labourés, quoique, quelquefois, dans certains pays, peu labourables, vous voyez des figures bêchant, piochant. Vous en voyez une de temps en temps se redressant les reins, comme on dit, et s'essuyant le front avec le revers de la main. « Tu mangeras ton pain à la « sueur de ton front. » Est-ce là le travail gai, folâtre, auquel certaines gens voudraient nous faire croire? C'est cependant là que se trouve pour moi la vraie humanité, la grande poésie. »

⁂

Dans l'œuvre de Puvis de Chavannes, les peintures du palais Saint-Pierre, à Lyon, le *Bois sacré cher aux arts et aux Muses*, la *Vision antique*, l'*Inspiration chrétienne, le Rhône et la Saône,* sont parmi les plus originales et les plus émouvantes : c'est parce que le grand artiste y a mis toute son âme.

Sa mère, une vraie Latine, lui avait donné une âme lyonnaise, cette âme spéciale et caractéristique entre toutes, à la fois timide et hardie, mystique et positive, énergique et douce, claire et voilée, qui à la ténacité méthodique et méditative du Nord allie l'inspiration spontanée et décisive du Midi; et de la politique, de la philosophie et de la religion, n'a jamais aimé et pratiqué que ce qui est la bonté, la charité, l'indépendance, et la liberté. Il a aimé avec passion cette Saône descendue des Faucilles, entre des collines vertes et des coteaux dorés, qui serpente, ondule et se promène silencieusement dans la plaine, reflétant, comme un miroir d'argent, les clochers et les toits des gais villages qu'elle baigne, les peupliers et les saules qui encadrent pittoresquement ses berges de gazon fleuri; le Rhône qui, après avoir pris sa source dans les solitaires glaciers des Alpes, se teinte des brumes argentées du ciel lyonnais, gaze légère, transparente, voilant sans la cacher la froide beauté de la cité, et puis se colore de l'azur lumineux et du soleil éclatant de la Provence ; qui reflète des tours de cathédrale, des donjons de châteaux, des cheminées d'usines, des trains de chemins de fer courant le long des rives : témoignage de la gloire du passé et de l'activité du présent. « Je pense souvent à notre grand Rhône, écrivait un jour le maître à un de ses amis ; que de fois j'aurais pris le train pour aller me retremper un peu dans ses horizons ; mais c'est un rêve comme tant d'autres ! »

Dans les peintures du chœur du Panthéon, qui ont été son testament artistique, et dans lesquelles il semble qu'il ait tenu à devoir de montrer par son exemple qu'un artiste, tant que Dieu lui conserve la vie de son cerveau et la vigueur de ses mains, doit avoir l'ambition de toujours se perfectionner, Puvis de Chavannes a mis plus encore : son cœur. La figure de sainte Geneviève apportant du pain aux Parisiens affamés, et veillant sur Paris endormi, austère et noble figure, drapée monacalement dans une modeste robe noire et dans un long voile blanc, qui ne laisse voir que le visage d'une douce et grave beauté, est la personnification de sa femme, de celle qui, dans les angoisses des longues luttes, dans les joies des triomphes tardifs, avait été constamment l'amie fidèle, dévouée, lui offrant l'appui, l'encouragement et l'espérance de sa parole, de son sourire et de son regard, et qui, dans le silence d'un foyer fermé au monde, avait fait deux parts de sa vie : l'amour de l'étude et des belles choses, symbolisé poétiquement par un vase de fleurs et par une lampe allumée, et la protection du génie que, la première, elle avait découvert, admiré, et à qui elle avait tout donné : son intelligence et sa tendresse.

CHAPITRE XV

De la joie dans le travail.

— C'est commettre une erreur que d'associer constamment au mot de travail les idées de peine, de fatigue, et de douleur.

— Tout travail provoque une sensation de vie, par conséquent donne de la joie, à condition que la dépense ne dépasse pas ce que la nature peut fournir de forces.

— Le mécontentement est une infirmité de la volonté.

— La gaieté naît de la volonté qui fait succéder aux impatiences et aux inquiétudes le plaisir du travail régulier et fécond.

— La joie est le résultat d'une acquisition, d'une ascension, d'un progrès.

— L'artiste a des conditions exceptionnelles de bonheur dans son travail qui aboutit toujours à une création.

— Par l'étude de la nature, l'œil de l'artiste se perfectionne, et pénètre mieux les mystères délicieux de la forme et de la couleur.

— Dans la vision, il y a joie pour l'artiste : c'est la conquête d'une chose qui entre en lui, et le complète.

— L'artiste qui conserve sa puissance de gaieté dans le

FRÉMIET
SCULPTEUR
Né en 1824.

PRINCIPALES ŒUVRES

Statue équestre de Louis d'Orléans, au château de Pierrefonds ;
Statue équestre de Jeanne d'Arc, sur la place des Pyramides, à Paris ;
Statue équestre de Velasquez ;
Homme de l'âge de pierre ; — *Gorille enlevant une femme ;*
Saint Michel ; — *Credo ;* — *Rétiaire et gorille ;*
Porte-falot à cheval
(Hôtel de ville de Paris).

travail, ne se laissera jamais abattre par les déceptions ni par l'adversité.

— Si l'on fait résolument une chose, on arrive bien vite à la faire gaiement et avec amour.

Je n'ai jamais pu comprendre qu'on fasse du travail un châtiment. Le travail, non seulement le travail intellectuel, mais le travail manuel, est ce qu'il y a de meilleur dans la vie. Quand vous avez peiné, quand vous avez vaincu la matière, quelquefois brisé de fatigue après l'effort, quel bonheur ne ressentez-vous pas de la tâche accomplie !

E. Barrias.

Je puis certainement me restreindre et limiter le nombre de mes tableaux pour les rendre plus chers. Mais que ferais-je pendant les intervalles ? Je m'ennuierais. Peindre est mon seul plaisir.

Boudin.

Le tableau est déjà fait dans le cerveau du peintre qui en a eu la lumineuse vision, et qui n'a plus à transmettre aux organes et aux membres, ses agents, qu'un ordre rapide, clair et précis, jusque dans les mystères qui prolongent la pensée. Et le peintre va vers le but indiqué, sûrement, sans hésitation, la permanence de l'effort de volonté nécessaire étant aussi inconsciente que celle qui dirige les jambes lorsqu'il marche. C'est charmant.

Jules Breton.

On me reproche de trop produire de tableaux. Ils sont bons, eux ! Et, si ça m'amuse, moi ?

Mon père, qui trouvait que la peinture est un métier de paresseux, m'a dit, au moment où je me suis mis à peindre : « Je t'aurais donné cent mille francs pour t'acheter un fonds de commerce. Tu n'auras que deux mille francs par an. Ça t'apprendra. Allons, va et amuse-toi! » Je me suis rappelé ces paroles de mon père : je me suis toujours amusé.

COROT.

Il faut se laisser aller à ses impressions, travailler librement, n'être ni trop exigeant ni trop sévère ! Le trop d'exigence et de sévérité est un défaut aussi nuisible que le trop grand contentement de soi-même.

Ne travaillez pas quand vous êtes indisposé, et, lorsque vous vous remettez à l'œuvre après avoir été malade, ne travaillez pas trop la première fois. Arrêtez-vous sitôt que vous vous sentez fatigué. Reposez-vous souvent. Si l'entrain vous prend, abandonnez-vous; mais il faut être déjà fort habile pour aller ainsi. Il arrive souvent qu'en pleine verve on gâte certains travaux. Arrêtons-nous alors, et attendons un meilleurmoment.

DELACROIX.

Toute œuvre exige un effort de volonté, une peine; mais pour les artistes, cette peine devient un plaisir au fur et à mesure que la pensée prend corps, et que ce qui n'était rien tout d'abord devient une réalité à la suite de cet effort, qui, d'ordinaire, pour les ouvrages de longue haleine, est continu et constant. D'ailleurs, les œuvres bien pensées, bien combinées, et comme composition et comme effet, s'exécutent facilement.

GÉROME.

Il n'y a de choses réellement amusantes que celles qui donnent beaucoup de mal.

Je ne me souviens pas, dans ma vie, de m'être ennuyé à faire une besogne quelconque. Il faut toujours être tout entier à ce qu'on fait, penser aux grandes choses, pour faire bien ce qu'on doit.

MEISSONIER.

Le premier point pour bien travailler est de se plaire dans

MONUMENT DE DELACROIX

PEINTRE, CHEF DE L'ÉCOLE ROMANTIQUE

1798-1860,

PAR DALOU

(Jardin du Luxembourg).

l'endroit où l'on travaille, et de se sentir soutenu par tout ce qu'on a sous les yeux.

HENRI REGNAULT.

—————

Les nombreux peintres qui, à la suite de Brascassat, vinrent s'installer à Barbizon, pour étudier dans la forêt de Fontainebleau, et qui y fondèrent la fameuse colonie de paysagistes dont les souvenirs forment un des chapitres les plus intéressants et les plus pittoresques de l'histoire de l'art français contemporain, étaient les plus joyeux compagnons du monde. Ils aimaient passionnément la nature; ils travaillaient avec acharnement de l'aurore au crépuscule; mais leur travail était tout joie, tout enthousiasme. Un des compagnons du gai phalanstère artistique qu'était la fameuse auberge du père Ganne, pendant la période héroïque de la colonie, où les amateurs, les étrangers et les touristes ne l'avaient pas encore envahie, René Ménard, esquissait ainsi, pittoresquement, un des coins du gigantesque atelier en plein vent : « Il y a dans la forêt un endroit qu'on appelle la « Mare aux Évées » : c'est là où on allait se baigner et où on ne se déshabillait jamais sans évoquer quelque souvenir de la mythologie classique. Hamon avait un talent particulier pour imiter les satyres et les faunes. Boulanger faisait les naïades, et Nazon contrefaisait à merveille le berger mélancolique et rêveur, qui poursuit les nymphes en conduisant son troupeau. Tout ceci était d'ailleurs parfaitement conforme à la règle, puisque, dans le *Traité de paysage de Valenciennes,* écrit en 1810, il est dit qu'un peintre ne doit jamais entrer dans un bois sans rappeler dans sa mémoire les idylles de Théocrite. Mais les coloristes à outrance prétendaient qu'en pensant toujours aux anciens on néglige le soleil, et ils faisaient des couplets sur les baigneurs. »

Les chroniques de ce temps-là nous ont transmis quelques-uns des couplets de la chanson épique, sans commencement ni fin, longue comme une chanson de geste, aux

vers fantaisistes et aux rimes truculentes, que tous les
artistes chantaient, sur l'air de la complainte de *Fualdès*,
pour célébrer leur chère forêt et leur hospitalière auberge,
en peignant les rochers des gorges d'Apremont, les hêtres
du Bas-Bréau, le Chêne du Roi, etc. :

> Quel jolis horizons ont
> Les peintres de Barbizon !
> Des chên's avec des rochers,
> Des rochers avec des chênes,
> Des chênes tous bancroches, et
> Des rochers qui font la chaîne ;
> . . . .
> Près de la Mare aux Évées
> Ils déposent leurs effets,
> Et nagent à l'heure des effets
> Comme des grenouill's éprouvées.
> . . . .
> C'est l'auberge du père Ganne,
> Où l'on voit de beaux panneaux
> Peints par des peintres pas no-
> Vices et qui ne sont pas ânes.
> . . . .
> On y voit des pétarades
> De Diaz de la Peña,
> Des fagots verts ous' qu'y a
> Des jaun's d'œufs en marmelade !
> . . . .
> Parmi les grands noms on voit
> Rousseau dont rien on ne voit ;
> Quand par hasard on en voit
> Queuq'chose, rien on y voit.
> . . . .
> Citons encore, oh ! ma muse,
> Guignet, peintre qu'on Coignet,
> Coignet, peintre qui Guignet
> La gloire qui l'homme amuse !
> . . . .
> Guillemin, de gloire avide,
> Pour lui seul un panneau prit ;
> Il y mit tout son esprit,
> Et le panneau resta vide.

Le véritable atelier de Corot était les champs. Dès qu'arrivait la belle saison, il allait s'installer à Ville-d'Avray,

H. DAUMIER
PEINTRE ET DESSINATEUR
1807-1879.

PRINCIPALES ŒUVRES

Robert Macaire : — Les Représentants représentés ; — Les Actualités ;
Les Gens de justice ; — Les Bons Bourgeois ; — Locataires et propriétaires ;
Idylle parlementaire . — Les Juges des accusés d'avril ; — La Rue Transnonain ;
Les Beaux Jours de la vie ; — Les Bals de la Cour ;
Les Voleurs et l'Ane.

dans une maison, près de l'étang. Tous les matins, à l'aurore, vêtu d'une blouse de maraîcher, la pipe aux dents, tel que l'a représenté Decan en un charmant tableau du Salon de 1877, lesté d'une forte écuellée de soupe bien chaude, il s'en allait dans les bois, et ne rentrait qu'à la nuit tombante. Un de ses amis, Adrien Marx, s'amusait fréquemment à le suivre et à l'écouter, caché derrière un buisson, pendant les conversations amusantes, ou tendres, qu'il avait avec la nature ou avec sa toile. Un jour, il entendit Corot chanter la plus plaisante des cantilènes, dont voici deux couplets :

> Mettons ici,
> Traderi dera,
> Un petit garçon,
> Digue dindon.
>
> Au petit garçon
> Il manque une casquette,
> Landerirette.
> La casquette,
> La voilà !
> Landerira.

* *

Daumier, rapporte Arsène Alexandre dans une biographie du maître, ne prenait le crayon qu'après avoir médité, qu'après avoir reconnu qu'il avait quelque chose à dire, et qu'il savait comment le dire. Alors, bien pénétré de son sujet, sûr de lui-même, il dessinait sans effort, aussi rapidement et aussi nettement qu'on écrit. Les amis qui venaient le voir le trouvaient la plupart du temps au travail, qu'il achevait tranquillement et gaiement devant eux. Le dessin fini, l'artiste s'écriait joyeusement : « Nous allons bien nous amuser et fumer de bonnes pipes. »

* *

Chez Puvis de Chavannes, la période d'études préparatoires terminée, le travail d'exécution était tout de joie et d'expansion physique et morale. Il fallait voir, dans le vaste hall de Neuilly, le maître, vêtu de sa longue blouse blanche, tête nue, devant l'immense châssis, à la main sa large palette alimentée à la truelle dans des baquets de couleurs, peignant ce qu'il appelait plaisamment « ses bonshommes » et « ses bonnes femmes », avec ardeur et énergie, en pleine pâte, à tour de bras, comme un fier ouvrier à sa besogne, chantant des coq-à-l'âne musicaux, ou les airs de bravoure de l'opéra favori de sa jeunesse : *Guillaume Tell.*

Alexandre Dumas, qui aimait beaucoup le peintre Vollon, et le patronnait avec joie auprès des amateurs, disait un jour à J. Claretie : « J'ai là dans mon tiroir des billets de banque qu'un amateur m'a envoyés en me priant de lui avoir pour sa salle à manger deux tableaux de Vollon. J'ai écrit à Vollon ; il ne m'a pas répondu. Il travaille sans doute à quelque tableau qui lui plaît, et se moque bien de cet argent-là. »

Dans le petit atelier de plein air de sa maison de la Rochelle, j'ai vu Bouguereau passer des heures sur une cheville d'enfant ; et, comme je lui en exprimais mon admiration, lui répétant le mot qu'on lui prête plaisamment : « Vous perdez au moins cinq cents francs à vous amuser ainsi à une cheville ; » il me répondit gaiement : « Je m'amuse fort en effet ; si je réussis à faire cette cheville telle que je la vois, je n'aurai pas perdu ma journée, et je serai bien content. Mais, Dieu, qu'elle est donc difficile ! Recommençons. »

COROT

PEINTRE PAYSAGISTE

1796-1875.

PRINCIPALES ŒUVRES

La Danse des Nymphes ; — Le Forum romain ; — Castel-Gandolfo
(Musée du Louvre) ;

Les Bords du grand lac de Ville-d'Avray
(Musée de Rouen) ;

Démocrite et les Abdéritains ; — Soleil couchant après la pluie
(Musée de Nantes) ;

Vue du Tyrol italien
(Musée de Marseille) ;

Le Lac d'Albano
(Musée de Reims) ;

Homère et les Bergers.

CHAPITRE XVI

L'amour de la nature. — Le culte du pays natal.

— L'amour, en art, est le sentiment par lequel le cœur se porte vers ce qui lui paraît mériter ses désirs et sa prédilection.

— Pour l'artiste, la nature n'est point seulement la campagne, mais l'univers entier, les êtres et les choses, les champs, les bois, les prés, les montagnes, les nuées, le ciel, la rue, la place publique, les intérieurs, les épisodes de vie, etc., en somme, tout ce qui contient des formes, et offre à l'imagination des éléments de sensation.

— La nature se donne tout entière à l'artiste qui l'aime et l'admire avec tendresse, avec simplicité, avec naïveté, c'est-à-dire avec tout son cœur, avec toute son âme.

— La nature ne livre son mystère et sa volupté secrète qu'à ceux qui l'étreignent avec amour et avec fidélité ; elle ne cède qu'aux forts et aux fidèles.

— La nature est une source de joies, une source de vie intense pour l'artiste.

— La nature enseigne à l'artiste la variété infinie des formes dans l'unité des principes. Des myriades de feuilles qui parent un chêne, il n'y en a pas deux semblables.

— La nature enseigne encore à l'artiste qu'une harmo-

13

nie universelle régit les rapports de tous les éléments et de tous les règnes. La moindre fleurette est une merveille de précision, de logique et d'ingéniosité, dans son organisme, dans ses évolutions du germe au fruit, et dans sa fonction.

— La nature fait admirer, principal but et principal moyen de la vie.

— Le paysage est le visage de la patrie.

— Quand on aime, on trouve incomparablement beau le visage de l'être aimé.

Aimez la nature, aimez-la toujours et quand même, cette bonne et impeccable nature. Aimez-en les couleurs, les formes, les harmonies.

BONNAT.

Il faut aimer de tout son cœur et de toute son âme la nature, être capable de rester des heures entières devant elle à l'étudier et à la suivre. Tout est dans la nature : une plante, une feuille, un brin d'herbe, sont des objets de méditations infinies et fécondes ; un nuage qui passe dans le ciel a pour l'artiste une forme, et cette forme le réjouit et le fait penser.

BOUGUEREAU.

Sans la nature, sans son concours directement obtenu ou sans ses lois connues et rigoureusement appliquées, il n'y a, il ne peut y avoir qu'erreur, incohérence, présomption, cabotinage et imposture ; il n'y a pas d'art.

BRACQUEMOND.

Ah çà ! vous n'êtes donc de nulle part, vous ?

COURBET.

MONUMENT DE FRANÇAIS

PEINTRE PAYSAGISTE

1814-1897

PAR PEYNOT

(Plombières, Vosges).

PRINCIPALES ŒUVRES

L'Étang de Clisson ; — La Vallée du Roussillon ; — Lavoir à Pierrefonds ;
Le Ravin de Nepi ; — Vue des environs de Rome ; — Le lac de Némi ;
Adam et Ève chassés du Paradis terrestre ; — Le Baptême du Christ.

A l'âge où je suis arrivé après tant de pérégrinations, je laisserais volontiers au hasard le soin de m'orienter, trouvant partout de quoi admirer et peindre. Plaines, montagnes, bords de mer, pays de centre, environs de Paris, Paris lui-même qui est un sujet inépuisable. Je dirai plus : pluie ou soleil, printemps, été, automne ou hiver, tout est également beau, également pittoresque, source d'émotion, d'impression !

FRANÇAIS.

L'interprétation saine, puissante et vraie de la nature est la seule voie qui conduit aux chefs-d'œuvre.

Le véritable artiste est celui qui voit la nature avec sincérité. Elle est le seul guide qui ne trompe jamais ; mais il faut la suivre au plus près. Il y a des gens qui veulent faire mieux que la nature, qui l'arrangent, comme ils disent, qui, pour faire une figure nue, prennent la poitrine à celle-ci, le dos et les bras à une autre, les jambes à une troisième ; et, quand ils ont fini, ils trouvent que cela est bon, car ils ne s'aperçoivent pas qu'ils ont pondu un navet. C'est surtout dans l'art de la sculpture, qui est chargé de représenter les objets dans toute leur réalité, que la mathématique s'impose. Si j'avais à faire le portrait de Phidias ou de Rude, je leur mettrais un compas dans la main.

GÉROME.

Rien n'est touchant et vénérable comme la vieillesse des hommes qui ont passé la vie à interroger la nature et à l'aimer. Le travail qu'ils ont soutenu et le but qu'ils se sont assigné ont ennobli leurs traits. Leur sang s'est apaisé ; une douce pâleur éclaire leur visage. Leur conscience perce dans la droiture de leur regard et dans la netteté de leurs discours. Un grand calme est en eux. Ils ont vu face à face quelque partie de l'univers, et ils en ont pénétré le mystère ; ils savent que la vérité n'appartient pas aux impatients, qu'elle ne se donne qu'au prix d'une longue fidélité.

EUGÈNE GUILLAUME.

Le respect, l'amour de la nature, voilà ce qui vous conduira à l'art. Ouvrez les yeux jusqu'à ce qu'elle entre.

HENNER.

La nature n'a rien à refuser à ceux qui l'interrogent en face.

C'est dans la nature qu'on peut trouver cette beauté qui fait le grand objet de la peinture. C'est là qu'on doit la chercher, nulle part ailleurs. Il est aussi impossible de se former l'idée d'une beauté à part, d'une beauté supérieure à celle qu'offre la nature, qu'il l'est de concevoir un sixième sens.

INGRES.

Qu'avez-vous besoin de plantes étrangères? N'avez-vous pas dans votre cour, dans votre potager, de quoi épuiser la vie de tous vos élèves en études infinies?

GALLAND.

Il faut se mettre à genoux devant la nature ; il faut aimer sa passion jusqu'à en devenir mélancolique pour se plaire dans la solitude.

PERRAUD.

La nature jette ses trésors à ceux qui l'aiment, la respectent et l'écoutent. J'ai dû rentrer à Paris pour demander à la nature son autorisation et marcher sûrement. Elle m'a donné raison; et, comme elle est sensible aux avances qu'on lui fait et au respect qu'on lui témoigne, elle m'a fait bonne mesure.

PUVIS DE CHAVANNES.

La nature est la seule lucarne par où Dieu se laisse voir clairement.

RUDE.

THÉODORE ROUSSEAU
PEINTRE PAYSAGISTE
1812-1867.

———

PRINCIPALES ŒUVRES

Sortie de forêt à Fontainebleau coucher de soleil ;
Les Gorges d'Apremont, forêt de Fontainebleau ;
Allée de châtaigniers : — Chaumières sous les arbres ;
Les Bords de la Bouzanne : — Métairie des bords de l'Oise ;
Ferme des Landes : — Bornage de Barbizon ;
Lisière de la forêt de Compiègne.

On a fait, à Anvers, une gracieuse légende d'un bou-
vreuil qui, toute une saison, quand Daubigny s'installait
dans son bateau sur les bords de l'Oise, pour peindre, venait se percher sur une branche du saule le plus proche,
et, pendant la séance, jusqu'au moment où le soleil se
couchait derrière le coteau, donnait au maître une séré-
nade joyeuse, dont les variations inépuisables semblaient
traduire l'enchantement de l'oiseau de voir apparaître sur
la toile, à chaque coup de pinceau, le paysage de sa rivière
aimée.

J. Dupré répondait à un jeune peintre qui lui annonçait
son prochain départ pour l'Orient, où il voulait aller chercher des sensations nouvelles et des motifs inédits de peintures : « Allez donc étudier d'abord les gris du moulin de
la Galette, à Montmartre. »

Grand voyageur devant l'Éternel, Marilhat visitait les
plaines de la Syrie, « où tout est grand, haut, et sublime » ;
il écrit à son frère, qui habite, en Auvergne, à Sauvignac,
la maison paternelle, et lui recommande, « si on veut lui
faire bien plaisir », de planter, près de la serre du jardin,
des saules pleureurs, et de faire nettoyer la petite allée du
bois; et il termine sa lettre en évoquant avec une émotion
tendre le souvenir de son dernier automne, « les sentiers
du bois où l'on respire en gonflant sa poitrine, où l'on
n'entend que les feuilles mortes qui tombent avec un léger
frôlement comme un regret des beaux jours, et, de temps
en temps, le cri saccadé et moqueur du merle qui s'enfuit. »

Un vieux gardien du cimetière de Barbizon disait à ceux
qui venaient visiter la tombe de J.-F. Millet : « La nuit, la
tombe est le rendez-vous de tous les rossignols du pays. »

En 1849, J.-F. Millet et son ami Charles Jacque quittaient Paris, et venaient s'installer à Barbizon, chez le fameux aubergiste, le père Ganne, qui hospitalisait déjà un certain nombre d'artistes, que la Révolution de 1848 et les journées de juin avaient chassés de la capitale, peu propice aux travaux d'art : Théodore Rousseau, le décorateur Hugues Martin, Louis Leroy, Belly, Clerget, etc. Ils louèrent des ateliers chez les paysans, et ils se mirent à explorer la forêt et les champs. « Je les visitais souvent déjà à cette époque, a écrit le biographe de J.-F. Millet et Th. Rousseau, et leur ami le plus intime, Alfred Sensier; ils étaient arrivés à un tel degré de surexcitation que le travail leur était impossible : la grande majesté des vieilles futaies, la virginité des rocs et des bruyères, ces augustes témoins des siècles disparus, ce cataclysme devenu un centre d'activité humaine et de verdoyants paysages, les avaient grisés de leurs beautés et de leurs senteurs. Ils étaient véritablement possédés. » Le fils du laboureur de Gréville se sentait redevenir paysan dans le cœur et dans l'âme, et il le redevint en effet complètement et pour toujours. Il se logea dans une petite ferme du village, où trois pièces basses et étroites lui servaient d'atelier, de cuisine, et de chambre pour sa femme et ses trois enfants, et à laquelle était joint un petit jardin où il faisait pousser les légumes nécessaires à la maisonnée. Le maître vécut là un quart de siècle, entassant chefs-d'œuvre sur chefs-d'œuvre, exclusivement consacrés à la représentation de la nature dans sa beauté sévère et grandiose, suivant le programme qu'il s'était tracé dès ses débuts dans cette voie nouvelle :

« Si je pouvais faire ce que je voudrais, ou tout au moins le tenter, je ne ferais rien qui ne soit le résultat d'une impression reçue par l'aspect de la nature, soit en paysages, soit en figures. »

La correspondance et les entretiens du maître, recueillis pieusement par Alfred Sensier, sont remplis des témoi-

EUGÈNE GUILLAUME

STATUAIRE

Né en 1822.

———

PRINCIPALES ŒUVRES

Anacréon ; — Les Gracques ; — Le Mariage romain ;
Bas-reliefs pour la clôture du chœur de l'église Sainte-Clotilde, à Paris ;
Fronton et cariatides du pavillon Turgot, au Louvre ;
La Musique instrumentale
(Façade de l'Opéra de Paris) ;
Buste de Mgr Darboy
(Musée du Luxembourg).

gnages les plus éloquents de son amour pour la nature.
« Si vous voyiez comme la forêt est belle ! écrit-il à un ami ;
j'y cours quelquefois à la fin du jour, et après ma journée,
et j'en reviens chaque fois écrasé. C'est d'un calme, d'une
grandeur épouvantable, au point que je me surprends
ayant véritablement peur. Je ne sais pas ce que ces gueux
d'arbres-là se disent entre eux, mais ils se disent quelque
chose que nous n'entendons pas, parce que nous ne par-
lons pas la même langue, voilà tout. » Dans une autre
lettre, on lit cette belle déclaration : « Il y en a qui disent
que je nie les charmes de la campagne ; j'y trouve bien
plus que des charmes, d'infinies splendeurs... Je vois très
bien les auréoles des pissenlits, et le soleil qui étale là-
bas, bien loin par delà le pays, sa gloire dans les nuages.
Je n'en vois pas moins dans la plaine, toute fumante, les
chevaux qui labourent, puis, dans un endroit rocheux, un
homme tout errenné, dont on a entendu les hans ! depuis
le matin, qui tâche de se redresser un instant pour souffler.
Le drame est enveloppé de splendeurs. Cela n'est pas de
mon invention. Il y a longtemps que cette expression, le
« cri de la terre », a été inventée. »

Et, c'est la nature, sous toutes ses formes, sous tous ses
aspects, dans toutes ses manifestations, que J.-F. Millet
aime et admire. « Il y a eu, ces jours derniers, des effets de
givre, que je ne vais pas essayer de vous décrire, ne me
sentant pas de force à le faire. Je me contenterai de dire
que Dieu seul a pu en voir de plus extraordinairement fée-
riques !!... » — « Ah ! je voudrais pouvoir faire sentir à
ceux qui regardent ce que je fais, les terreurs et les splendeurs de la nuit. On doit pouvoir faire entendre les silen-
ces, les bruissements des airs. Il faut percevoir l'infini. »

C'est par cet amour sincère de la nature, par cet enthousiasme, ardent et ingénu, pour les merveilles de la création, et par cette foi profonde dans ses imposants mystères,
que J.-F. Millet a été un grand artiste, est et restera une
des figures les plus pures de l'École française dans tous
les temps.

Pour n'avoir jamais peint spécialement des paysages ou des scènes identiques, un artiste peut avoir été un amant passionné de la nature; et, l'on a le droit incontestable de faire, par son exemple, la démonstration de l'excellence d'une éducation première tout empreinte des sentiments les plus vifs d'admiration pour la beauté, la grandeur et la magnificence des spectacles du ciel, de la terre, et de la mer, en vue d'arriver à produire des œuvres de haute valeur, au cours de la plus longue et de la plus féconde carrière artistique. Ainsi, Meissonier, dans sa prime jeunesse, fut le plus intrépide et le plus hardi coureur de montagnes, de précipices et de vallées. Placé en pension, à Grenoble, pour étudier les sciences qui pouvaient le préparer au commerce, auquel son père le destinait, sans qu'il eût la moindre vocation pour cette profession, il passait le plus clair de son temps à faire de l'alpinisme, — avant que la mode n'en fût venue avec le nom, — seul, sans aucun guide, la bourse légère, couchant sur le foin dans les granges, soupant dans les cuisines des auberges de rouliers, le plus souvent d'un morceau de pain noir, d'un morceau de fromage et d'un verre d'eau fraîche. Ses camarades l'appelaient le montagnard, et il en était très fier. Dans sa vieillesse, sa joie était d'évoquer les souvenirs lointains de ces excursions; un jour, il racontait à M. Gréard, qui l'a transcrite dans la biographie du maître, une scène des plus pittoresques fixée dans son imagination comme un tableau : « Par une splendide soirée de juin, pendant les congés de Pentecôte, à l'heure où le soleil, à son déclin, couronne comme d'un nimbe tout ce qu'il touche, il courait les Alpes dauphinoises, tête nue, les cheveux flottants, et vêtu d'une grande blouse taillée à l'antique, qu'il relevait sur les hanches pour marcher et dont il s'enveloppait comme d'un manteau lorsqu'il se reposait. Il était arrivé sur le haut d'un rocher qui surplombait un torrent desséché. Des enfants jouaient au fond du lit, cherchant des cailloux polis par les eaux. Il était debout à la pointe extrême de la roche, se silhouettant sur le ciel, silencieux, immobile. Tout à coup, les enfants lèvent les yeux, et, l'apercevant, s'enfuient avec de grands cris d'épouvante. Qu'allèrent-ils raconter au village? Meissonier aurait-il, à l'orée de ce joli bois, son petit bout d'autel et de légende? » Et le maître, en forme de conclusion à cet aimable récit, ajoutait les réflexions suivantes sur ce qui lui était resté de cette éducation buissonnière, et de cet enthousiasme juvénile : « Le goût de l'observation morale, une grande finesse de sensibilité, par-dessus tout la passion de la nature, toutes sortes d'amours avec les beaux ciels et les belles montagnes du Dauphiné, d'intimités avec les petites sources des prairies, les ruisseaux limpides courant le long des sentiers sur les cailloux brillants, les buissons d'épines-vinettes foisonnant de sauterelles aux ailes rouges et bleues bordées de noir, qu'il s'amusait à faire lever par essaims pour les voir étinceler au soleil. » Aussi, peu de temps avant de mourir, il écrivait, sur son Journal, cette note émue, qui résume ses sentiments et ses pensées à ce propos : « Quand il faudra partir, après ceux que j'aime, ce que je regretterai le plus, ce sera, non pas les villes, les musées, les œuvres de l'homme enfin, mais la nature du bon Dieu, les champs, les bois, les choses soi-disant inanimées, qui, tant de fois, m'ont fait pleurer d'admiration. C'est si beau la lumière, c'est si beau la nature! Admirer, c'est si bon, mon Dieu! Heureux les paysagistes! »

Pendant les mois passés dans le petit village de Montagne, chez son oncle, curé, au milieu d'une campagne douce et fraîche, aux calmes horizons de basses collines verdoyantes, arrosée de rivières sinueuses, coulant à travers les prés et les bois, avec tranquillité et toujours claires, Bouguereau prit le goût profond de la nature qu'il a gardé, et qui est une des joies et une des directions de sa vie d'artiste. Il se laissait aller à de longues rêveries poé-

tiques, au cours desquelles il engrangeait dans son imagination les sensations intenses que lui faisaient éprouver
les spectacles de beauté champêtre qu'il avait sous les
yeux, et qui, chaque jour, variaient. Aujourd'hui, encore,
c'est avec attendrissement qu'il se souvient de ses contem-
plations solitaires devant les couchers de soleil dans les
brumes dorées de la Gironde, des promenades d'études que
lui faisait faire son oncle dans les églises et dans les châteaux environnants, et dont il reçut la passion des excursions de vacances consacrées aux mêmes distractions,
qu'il a eu l'habitude d'entreprendre chaque année jusqu'à
sa vieillesse.

CHAPITRE XVII

La culture de l'esprit.

— L'intelligence est le trésor des idées.

— L'artiste doit développer avec soin, par les lectures, par les conversations, et par les méditations, son intelligence, pour avoir des idées.

— S'il n'a pas d'idées, l'artiste travaille dans le vide ; et, pis encore, il travaille dans les idées des autres.

— Se former l'esprit et le cultiver, ce n'est point pour l'artiste le remplir de citations, de dates, et de faits ; c'est chercher des sensations nouvelles, avoir des regards nouveaux sur les êtres et sur les choses ; c'est exercer constamment ses facultés de voir, d'observer, et de comparer.

— La matière appelle l'esprit : ce sont les deux pôles de la vie. Sans relations, la matière et l'esprit resteraient inertes.

— Évidemment on ne vit pas plus pour apprendre que pour manger : et, cependant, il faut manger pour vivre.

———

Les gens de métier sont de pauvres connaisseurs dans l'art qu'ils exercent, s'ils ne joignent à la pratique de cet art une supériorité d'esprit ou une finesse de sentiment

14

que ne peut donner l'habitude de jouer d'un instrument et de se servir d'un pinceau. Ils ne connaissent d'un art que l'ornière où ils se sont traînés, et les exemples que les écoles mettent en honneur.

Jamais ils ne sont frappés des parties originales ; ils sont, au contraire, bien plus disposés à en médire ; en un mot, la partie intellectuelle leur manque complètement.

Le secret de n'avoir pas d'ennuis, pour moi du moins, c'est d'avoir des idées. Je ne puis donc que rechercher les moyens d'en faire naître. Les bons livres ont cet effet, et surtout certains livres parmi ceux-ci. Ils peuvent ouvrir la porte par où s'épanche l'imagination.

Delacroix.

Étudiez, lisez, pensez : la peinture n'est pas le daguerréotype.

Paul Delaroche.

L'artiste, si bien doué qu'il soit, a besoin d'acquérir sans relâche des connaissances nouvelles, et, à chaque ouvrage, il semble que tout soit à réapprendre. Ces connaissances étant certaines, elles nous imposent en quelque sorte l'obligation de les acquérir.

Nous avons derrière nous un long passé, des autorités et des exemples qu'on peut dire éternels. L'histoire a enregistré des faits nombreux, l'archéologie a accumulé des richesses : l'instruction s'est répandue. Dans ces conditions, l'art ne peut plus vivre à part. Désormais, il doit être pénétré d'éléments empruntés à la science : il doit être érudit. Non qu'il ait à fléchir sous un savoir accablant ; mais il faut qu'à sa manière il porte témoignage de nos connaissances et rende hommage à la vérité. C'est surtout par là qu'il sera moderne.

L'archéologie, la littérature et l'histoire vous préparent à imaginer toutes sortes de sujets, comme la science du dessin vous rend capables de les représenter. Étudiez l'archéologie, la littérature et l'histoire, non pas avec la curiosité propre à des érudits, mais en artistes attentifs à saisir

PAUL DELAROCHE
PEINTRE
1797-1850.

PRINCIPALES ŒUVRES

Décoration de l'hémicycle de l'École des beaux-arts, à Paris ;
L'Assassinat du duc de Guise
(Musée de Chantilly);
Cromwel ouvrant le cercueil de Charles Ier
(Musée de Nîmes);
Jane Grey ; — Strafford marchant à l'échafaud.

à la fois le côté extérieur et le côté expressif des choses et
à traduire aux yeux ce que les écrivains nous font seulement entrevoir et que toute parole parlée est impuissante
à exprimer.

Eugène Guillaume.

Exercez votre cerveau, pensez par vous-mêmes. Que
m'importe que vous restiez dix heures assis devant votre
chevalet, si vous dormez!

Gustave Moreau.

Je pense que si d'aussi admirables tableaux d'histoire
(*Marc-Aurèle* de Renan) avaient remplacé à temps l'éducation aride et purement dataire dont on a tenté vainement
de me frotter jadis, j'aurais été l'homme le plus ardemment épris du passé, le plus avide de le connaître.

Puvis de Chavannes.

Quels que soient les dons naturels de l'artiste, il faut
qu'il les cultive comme les terres fertiles que le laboureur
est condamné à retourner et à nourrir sans cesse, sous
peine de les voir s'appauvrir.

J. Thomas.

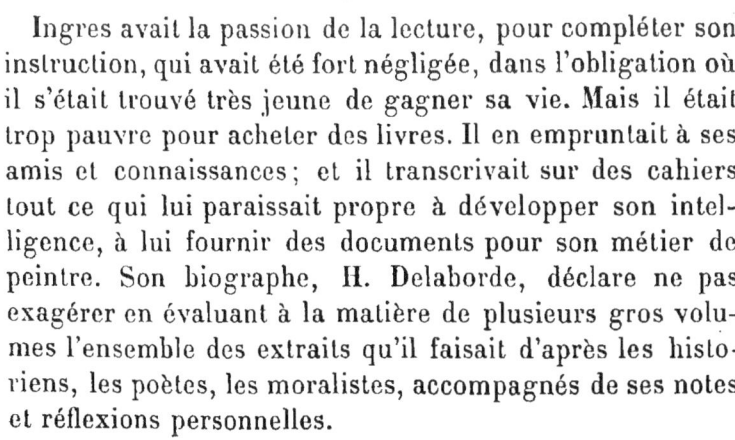

Ingres avait la passion de la lecture, pour compléter son
instruction, qui avait été fort négligée, dans l'obligation où
il s'était trouvé très jeune de gagner sa vie. Mais il était
trop pauvre pour acheter des livres. Il en empruntait à ses
amis et connaissances; et il transcrivait sur des cahiers
tout ce qui lui paraissait propre à développer son intelligence, à lui fournir des documents pour son métier de
peintre. Son biographe, H. Delaborde, déclare ne pas
exagérer en évaluant à la matière de plusieurs gros volumes l'ensemble des extraits qu'il faisait d'après les historiens, les poètes, les moralistes, accompagnés de ses notes
et réflexions personnelles.

Pendant sa jeunesse, Rude passait tous les dimanches, toutes les fêtes, à lire des ouvrages d'histoire et d'art, au lieu de suivre à la promenade ou au jeu ses camarades, qui essayaient de l'entraîner. « Le plaisir que j'aurais éprouvé en me laissant aller aux excitations du monde, écrivait-il dans sa vieillesse, n'aurait pas valu la satisfaction que je trouvais à leur résister. Celle-ci est bien supérieure au premier, et de bien meilleur aloi, puisqu'elle dure encore et que son souvenir seul est une jouissance. » Rude aimait à se faire lire, en travaillant, des traductions d'Homère, de Plutarque, de Tite-Live, le *Mémorial de Sainte-Hélène*, les *Victoires et Conquêtes des Français*, etc. Souvent, au cours de la lecture, il interrompait le lecteur, qui était sa femme ou quelque ami, et s'écriait : « Quels hommes! » Puis il ajoutait philosophiquement : « Fumons une bonne pipe! »

Dans une de ses études sur Barye, E. Guillaume nous informe que le grand sculpteur nourrissait son esprit par de nombreuses lectures. Il lisait avec passion les poèmes anciens et modernes, les historiens de tous les temps, les ouvrages de mythologie et d'histoire naturelle. En même temps qu'il savait davantage, son talent devenait plus riche, mais aussi son esprit plus difficile. Il abandonna Buffon, trouvant que ses descriptions s'arrêtaient trop à la surface. Il avait besoin d'aller au fond des choses; les ouvrages de Cuvier et de Geoffroy Saint-Hilaire convenaient mieux à la nature de son esprit.

Le grand-père et la grand'mère de J.-F. Millet avaient apporté dans la ferme du hameau de Gruchy, où il naquit,

CHARLES GARNIER
ARCHITECTE
1825-1898.

PRINCIPALES ŒUVRES

L'Opéra de Paris ; — Le Théâtre de Monaco ;
Le Cercle de la librairie de Paris.

beaucoup de livres de piété et de philosophie religieuse.
Il y avait là notamment la *Vie des Saints,* les *Confessions*
de saint Augustin, les œuvres de Bossuet, de Fénelon, de
saint François de Sales. Le jeune homme dévorait tout cela
après la journée de travail agricole ; il avait même appris
assez de latin pour lire Virgile et la Bible. Plus tard, dans
l'atelier de son second maître de Cherbourg, Langlois, la
lecture absorbait tout le temps qu'il ne consacrait pas à la
peinture et au dessin. Ses auteurs préférés étaient Cha-
teaubriand, Victor Hugo, Walter Scott, Byron, Gœthe, Shakespeare, et Béranger.

Hippolyte Flandrin n'avait jamais fréquenté que l'école
primaire. En arrivant à Paris pour se consacrer à l'art, il
dut se faire lui-même toute son instruction. Tous les soirs,
après son travail, il lisait la Bible ou des auteurs anciens.
Par sa volonté et par sa ténacité, il se donna ainsi les plus
solides connaissances historiques et littéraires. Son œuvre
en est le témoignage superbe.

Quand il vint à Paris, de son village du Jura, Perraud
constata bien vite que l'instruction rudimentaire qu'il avait
reçue d'un instituteur ambulant, dans une grange, pendant
deux ou trois hivers, n'était pas suffisante pour l'outiller
intellectuellement, et lui permettre de faire une carrière
honorable dans le métier d'artiste statuaire. Mais il était
trop pauvre pour acheter des livres. Alors, il se fit une
véritable bibliothèque avec des transcriptions et des extraits
de ceux que des amis lui prêtaient ou qu'il empruntait à
des bibliothèques publiques. Il passait une partie de ses
nuits à ce travail. Quand l'aisance vint à Perraud, avec la
renommée, il se constitua immédiatement une collection
importante de livres d'histoire et de philosophie, qu'il ne
cessait de relire ; et ainsi, peu à peu, il se forma l'esprit

de façon à n'être point dépaysé au milieu des artistes les plus instruits.

✻⟫⟨

Meissonier était un lecteur infatigable. Il aimait à lire pendant son déjeuner solitaire; quand il ne travaillait pas à un tableau trop absorbant, il se faisait lire par sa femme quelque bon ouvrage : c'est ce qu'il appelait : « ses lectures de chevalet ».

✻⟫⟨

L'œuvre de J.-P. Laurens démontre la valeur de l'instruction que l'artiste, par son énergie et par son travail acharné, a réussi à se donner lui-même, en dépit de la longue ignorance que lui imposèrent les premières difficultés de sa vie. Les vagabondages dans les bois, la chasse aux alouettes dans les champs, et ensuite le dur labeur de son apprentissage artistique, ne lui avaient point même laissé le temps d'apprendre à lire. Mais, lorsque le dévouement maternel de la femme de son premier maître sérieux, dont il épousera plus tard la fille, à Toulouse, lui a enseigné les premières notions de la lecture, il lui vient une curiosité insatiable de la pensée écrite, les gravures et les tableaux lui ayant déjà imprégné le cerveau de formes et de couleurs. Étudiant à l'École des beaux-arts de Paris, il achète sur les quais des tomes dépareillés du *Dictionnaire historique;* des ouvrages défraîchis, dont la sévérité étonne chez un jeune homme de son âge : les *Confessions* de saint Augustin, un Tacite, un Montesquieu, un Shakespeare. Il lit et relit tout cela, sans cesse, apportant à comprendre la contention d'esprit, la méditation, la méthode d'analyse, imposées par l'absence d'instruction classique première, que compensent largement, il est vrai, dans une intelligence aussi éveillée et intuitive, naturellement sensible aux sentiments élevés, l'indépendance du jugement et la hardiesse de la pensée. « Un soir, pour lui faire faire la connaissance de notre Corneille, a raconté Ferdinand Fabre, je lui lisais *Cinna.* Au milieu du monologue d'Au-

guste, il m'interrompit : « Assez, je vous en prie, assez, la
tête me tourne. » Je le regardai; il était fort pâle. « Qu'a-
vez-vous? lui demandai-je. — Oh! rien. » Et, désignant
mon livre du doigt, il dit : « Trop de choses là dedans
m'ont touché. Cela m'a fait mal. Que vous êtes heureux
de pouvoir admirer ainsi tranquillement! Moi, je n'y suis
pas habitué... et vous savez! »

Cet effort intellectuel incessant de l'artiste explique le
caractère de son œuvre, où l'idée, toujours d'une conception d'ordre général, est amenée rigoureusement à l'expression la plus nette, la plus simple, où l'exécution est
conduite à un état de sévérité, d'énergie, de rudesse même,
de telle façon que l'imagination du spectateur est frappée
aussi fortement que l'a été celle du peintre devant les hommes ou les événements; œuvre superbe, du plus haut
idéal, se développant progressivement d'année en année,
dans une unité et une logique absolues, signe de puissance
et d'originalité.

CHAPITRE XVIII

L'étude des maîtres.

— Étudier les maîtres, c'est, pour l'artiste, profiter des expériences d'autrui.

— L'étude des maîtres est bonne pour les tempéraments vigoureux qui peuvent digérer une forte nourriture; elle est mauvaise pour les tempéraments débiles, sans volonté ni énergie, auxquels elle est indigeste.

— L'étude des maîtres fournit aux artistes originaux des moyens d'émancipation; aux artistes sans personnalité elle n'inspire que des désirs d'imitation.

— Il faut étudier les maîtres moins pour connaître leurs procédés techniques, et leurs manières, que pour se rapprocher de leur âme, et s'y réchauffer, comme à un foyer, comme au soleil.

— L'étude des maîtres doit servir surtout à rendre plus facile, plus féconde, celle de la nature, dont ils se sont constamment inspirés.

— Copier n'est point créer.

— Par le seul fait de l'imitation d'un maître, on renonce à avoir une personnalité, par conséquent à être un artiste.

— Imiter les maîtres, suivant les préceptes de l'école, comme la rhétorique conseille d'imiter les grands écrivains, c'est voler leur habit. Or, il arrive toujours que l'habit n'est pas à la taille du voleur, qui n'en est que plus grotesque et ridicule.

— On perd tout le bénéfice de ses dons naturels à vouloir acquérir, même d'après les maîtres, un style d'emprunt, au moyen de recettes et de formules.

———✧———

L'éducation classique, basée sur l'étude des œuvres de l'Antiquité, du Moyen Age et de la Renaissance, est celle qui ouvre à l'esprit et à l'imagination de l'artiste les plus vastes horizons, et qui lui laisse le plus de liberté dans l'invention et dans l'exécution, pour le présent et pour l'avenir.

E. BARRIAS.

Il est bon, après une campagne dans la nature, d'aller comparer nos observations à celles des vieux maîtres. Ils nous parlent du fond des siècles, et leurs conseils n'en ont que plus d'autorité. Ce qui a duré si longtemps a des chances d'être vrai. La tradition est la lumière des ancêtres qui éclaire et guide l'avenir.

JULES BRETON.

Penser souvent aux grands maîtres, et bien savoir que, même les moins forts, ceux des âges tombés, sont d'excellent conseil, et toujours peintres.

TH. CHASSÉRIAU.

Étudiez les maîtres, n'en copiez aucun.

LÉON COIGNET.

Si nous étudions le grec, si nous étudions les monuments de l'antiquité, nous ne les copions pas ; nous y cherchons des préceptes et des exemples ; mais nous cherchons aussi en nous un sentiment et une volonté ; nous regardons, mais nous créons.

CHARLES GARNIER.

Croyez-vous que je vous envoie au Louvre pour y trouver ce qu'on est convenu d'appeler « le beau idéal », quelque chose d'autre que ce qui est dans la nature? Ce sont de pareilles sottises qui, aux mauvaises époques, ont amené la décadence de l'art. Je vous envoie là parce que vous apprendrez des antiques à voir la nature, parce qu'ils sont eux-mêmes la nature. Aussi, il faut vivre d'eux, il faut en manger.

INGRES.

L'étude de la nature, cette source de lumière, vous éclairera, vous aidera à reconnaître, dans votre admiration générale, vos maîtres préférés. Suivez-les, aimez-les sans réserve ; car c'est encore à travers leur influence que votre originalité pourra un jour se dégager.

J.-P. LAURENS.

L'étude des œuvres ne peut entraver aucune originalité.

L'enseignement le plus net qui en ressorte est qu'elles ont pour base la sincérité du sentiment ; elles ravissent et attachent sans troubler ; elles ont l'air faciles ; elles se livrent, en faisant comprendre tout ce qu'un esprit artistique bien pondéré et fécondé par l'étude peut tirer des spectacles les plus simples.

PUVIS DE CHAVANNES.

On me dira que le séjour de Rome ne peut m'être d'aucune utilité ; mais je vous dirai que je pense le contraire... Quelle suffisance qu'on puisse avoir, on ne peut s'empêcher de se comparer à un provincial qui entre pour la première fois dans un salon.

HORACE VERNET.

TROYON

PEINTRE

1810-1865.

—

PRINCIPALES ŒUVRES

Les Bœufs allant au labour ; — L'Abreuvoir de la Touque ;
Vaches sous bois ; — Vaches à l'abreuvoir ; — Passage du gué ;
Retour à la ferme : — Départ pour le marché ;
Vue prise des hauteurs de Suresnes.

Quand il eut reçu la commande de la décoration d'une partie de la Madeleine de Paris, dont Ingres devait peindre l'autre, Paul Delaroche partit immédiatement pour l'Italie, afin d'étudier les maîtres de l'art chrétien; puis il s'enferma dans un couvent de Camaldules, au milieu des Apennins, pour s'y recueillir et y méditer ses futures compositions.

⁂

Paul Baudry imita Paul Delaroche dans des circonstances analogues. Chargé de la décoration du grand foyer de l'Opéra de Paris, il résolut de se remettre à l'école des grands maîtres du passé, et il consacra six années à se préparer à ce travail colossal. Pendant huit mois, de 1864 à 1865, il copia les fresques de Michel-Ange à la Chapelle Sixtine. « Je refais mes classes comme j'ai dû les faire à vingt ans, écrit-il à un ami. » Ses copies sont conservées pieusement dans le musée de l'École des beaux-arts de Paris; on les considère comme les meilleures qui aient jamais été exécutées.

Pendant l'été de l'année 1868, il consacra de nombreuses semaines à la reproduction — en grandeur nature — des fameux cartons de tapisserie de Raphaël, au South Kennington Museum, y travaillant de dix à douze heures par jour. A la fin de cette année-là, il se rendit à Madrid pour y étudier Velasquez. Et, en 1870, il était à Venise, passant toutes ses journées devant les peintures décoratives du Titien, de Paul Véronèse, et du Tintoret, lorsque la déclaration de guerre le ramena à Paris, où il s'engagea dans les compagnies de marche.

⁂

Pendant le temps qu'il travaillait dans la forêt de Fontainebleau et dans la vallée de Chevreuse, Th. Rousseau s'en allait au Louvre copier Van de Velde, Karle Dujardin, et Claude Lorrain.

15

Decamps a longtemps fréquenté le musée du Louvre pour y étudier le Poussin, Huysmans de Malines, Murillo, et Rembrandt, qu'il appelait « le plus extraordinaire des peintres ». Sa première peinture fut une copie du *Buisson* de Ruysdaël.

Courbet avouait volontiers s'être fait au Louvre, par l'étude des vieux maîtres, sa technique si vigoureuse et si originale.

Tous les matins, avant de grimper sur ses échafaudages du Palais-Bourbon, Delacroix crayonnait une ou deux figures d'après un maître ancien, ou d'après un antique. C'était, disait-il, sa manière de faire sa prière, à l'imitation de certains maîtres d'autrefois qui se mettaient à genoux avant de commencer leur travail. Il allait fréquemment au Louvre. Son journal contient de nombreux passages relatifs à ces visites. « Passé une excellente journée au musée, écrit-il un jour ; Le Poussin ! les Rubens ! Et surtout le *François I*er du Titien ! Velasquez ! »

J.-F. Millet avait décoré sa modeste chaumière de Barbizon avec les plâtres du Parthénon et des reproductions des sculptures de Michel-Ange. A la veille du départ d'un de ses amis pour l'Italie, il lui écrivait : « Voilà qu'enfin vous partez pour l'Italie ! S'il arrivait que vous trouviez des photographies, soit d'après des antiques, surtout d'après les moins connus d'ici, soit d'après des peintures à partir de Cimabüe jusqu'à Michel-Ange, et y compris, et que ces choses ne se vendent pas des prix exorbitants, prenez-les donc ; nous nous arrangerons ici pour vous en débarrasser. »

Pour s'initier au métier de décorateur, Bouguereau est allé étudier, le crayon et le pinceau à la main, les fresques de Cimabüe, de Giotto, et de ses disciples, à Assise ; celles de Lucca Signorelli, au dôme d'Orvieto ; les peintures de Santa-Maria de l'Arena, à Padoue ; les mosaïques de Ravenne ; les œuvres de Michel-Ange et de Raphaël, à Rome et à Florence ; le Titien, Véronèse et le Tintoret, à Venise ; et les peintures antiques de Pompéï.

Roybet racontait un jour à un critique d'art que, dans sa jeunesse, il a fréquenté assidûment le musée de Lyon, sa ville natale, et qu'il y a fait plusieurs centaines de copies d'après les vieux maîtres, d'après les Hollandais surtout. Et c'est ainsi qu'il s'est initié si profondément au métier de peintre.

CHAPITRE XIX

Les voyages.

— Voyager est très utile pour les artistes.

— Le voyage excite la volonté, développe le désir, avive la mémoire.

— Le voyage, en multipliant et en diversifiant les images, les sensations, enrichit l'esprit, et féconde l'imagination.

— Dans le voyage, les horizons nouveaux nous débordent.

— Le voyage extériorise les idées.

— Le voyage est la satisfaction du besoin naturel et inné de l'alternance, du flux et du reflux des sensations et des émotions, besoin du cœur, besoin du sang.

— Il faut voyager pour la joie du retour dans sa maison, la maison de la vie et du travail.

———————

La vue trop prolongée des mêmes objets finit par émousser l'émotion. L'esprit tournant dans le même cercle d'observation voit faiblir ses ressorts. Les voyages renouvellent et rafraîchissent l'esprit ; mais je crois qu'il n'est pas bon d'en abuser et d'imiter les touristes qui effleurent tout et n'approfondissent rien. L'attrait de la nouveauté peut nous rendre enthousiaste de choses moins belles que celles que la satiété nous fait fuir.

JULES BRETON.

La vue d'un beau pays et les voyages en général laissent dans l'esprit des traces charmantes ; on se rappelle toutes ces émotions quand on en est loin, ou qu'on ne peut plus en retrouver de semblables. C'est donc une petite provision de bonheur pour l'avenir quel qu'il soit.

Voyager de temps en temps est aussi nécessaire à la santé de l'âme qu'à celle du corps : on sort de son ornière habituelle, et cela allonge la vie en la variant.

DELACROIX.

J'ai voyagé dès ma tendre jeunesse, car je suis d'un pays voisin de la Suisse, et, chaque année, aux vacances, quand j'avais vu mes parents, pendant trois ou quatre mois que je n'avais rien à faire dans ma petite ville (Vesoul), j'allais en Suisse. Mon sac sur le dos, je gravissais les montagnes et j'arpentais les plaines. A dix-huit ans, et pour ainsi dire contraint et forcé, car M. Delaroche avait fermé son atelier d'élèves, je partis pour l'Italie, où j'ai passé une année qui a été une des plus heureuses et des plus fructueuses de ma vie, car elle m'a complètement changé aussi bien au moral qu'au physique. J'étais malingre, et suis revenu fort ; mon cerveau s'est ouvert singulièrement, et j'ai pris contact avec la nature, qui m'est apparue pour la première fois dans toute sa splendeur.

GÉROME.

Le voyage est décidément la véritable école de l'artiste et de l'homme ; et, si l'éducation était mieux entendue, les jeunes gens seraient formés plus tôt, et plus tôt sérieux. La nouveauté des choses qu'on voit vous surexcite et vous donne une énergie que vous ne pouvez ressentir chez vous, où vous n'avez d'autres spectacles que ceux auxquels vous êtes habitués depuis votre enfance. Rien ne vous surprend plus, et vous vous endormez facilement. En voyage, au contraire, l'idée du départ plus ou moins prochain vous préoccupe, vous voyez le temps fuir rapidement, vous craignez de ne pas savoir plus tard ce qui vous entoure momentanément; il faut donc observer, retenir, profiter de chaque instant, de chaque chose... Depuis que je voyage, que je vois les choses par moi-même, sans être entraîné de droite et de gauche par les conversations et les impressions de tel ou tel artiste, je me suis laissé aller naïvement à mes impressions personnelles.

HENRI REGNAULT.

Si l'on peut appliquer aux peuples l'adage : « Connais-toi toi-même, » je dirai que, pour nous connaître, il nous faut visiter nos voisins. Ces excursions mettent en évidence nos qualités et nos défauts, les ressources que nous possédons, ainsi que certains travers que nous caressons avec une vanité puérile.

VIOLLET-LE-DUC.

Horace Vernet a longtemps parcouru le monde, faisant moisson abondante de motifs et de sujets pour ses tableaux, dont le nombre est considérable, et dont la variété est extraordinaire. « Quand on le croyait à Paris, dit un de ses biographes, V. Fournel, ou à sa villa de Versailles, il était à son château d'Hyères, sur la façade duquel il avait fait graver pour tout blason ces quatre dates : 1689, 1714, 1758 et 1789, c'est-à-dire l'année de la naissance de chacun des quatre Vernet. Quand on le croyait à Hyères, il était déjà parti pour son domaine de l'Algérie, ou pour l'Égypte, la Syrie, la Palestine, et la Crimée. Il a voyagé par tous les véhicules possibles : en bateau, en wagon, en traîneau, à cheval, à dos de dromadaire ou à dos de mulet, campant au besoin sous la tente, ou couchant à

J.-L. GÉROME

PEINTRE ET SCULPTEUR

Né en 1824.

PRINCIPALES ŒUVRES

Le Combat de coqs; — *Le Duel de Pierrot;* — *Phryné;*
Ave Cæsar; — *La Mort de César;* — *Le Roi Candaule;*
Le Prisonnier; — *Le Hache-Paille égyptien;*
Le Retiaire; — *Bellone;* — *Anacréon;*
Bonaparte en Égypte; — *Tamerlan.*

la belle étoile. Il a étudié et peint l'ancien monde presque tout entier à vol d'oiseau. »

⁂

Raffet a voyagé en Suisse, en Autriche, en Espagne, en Italie, en Grèce et en Russie. Pendant ce dernier voyage, son compagnon de route, le prince Demidoff, écrivait : « Raffet est actif; il met à profit les moindres accidents du chemin; sa main toujours prête, son crayon toujours taillé, il ne demande qu'un prétexte pour jeter sur le papier tout ce qui passe sur la route. »

⁂

Troyon fit son tour de France à pied, tout comme un compagnon. Tout le long du chemin, il croquait sur son album paysages, vues de villes et de villages, paysans, ouvriers et animaux, emplissant son imagination de visions superbes.

⁂

Brascassat, ainsi que Huet, pendant toute leur vie, parcoururent en artistes la France, la Belgique, la Hollande, l'Angleterre, et l'Italie.

⁂

Dès son entrée dans la carrière artistique, Daubigny rêvait de visiter l'Italie; un de ses camarades d'atelier caressait le même rêve; mais ni l'un ni l'autre n'étaient assez riches pour entreprendre ce voyage coûteux; ils résolurent de faire une tirelire, et d'économiser, pour la remplir, sur toutes les dépenses qui n'étaient pas absolument indispensables. Quand la tirelire fut cassée, quatorze cents francs apparurent à leurs yeux surpris et charmés de tant d'argent. Pendant onze mois, ils visitèrent toutes les grandes villes d'art, s'enivrant d'enthousiasme et de gaieté.

⁂

En 1832, Delacroix a fait le voyage du Maroc, en compagnie du comte de Mornay, ambassadeur de la France près l'empereur Muley Abd-Ehr-Rhaman ; et, grâce à cette mission diplomatique, il put pénétrer jusqu'à Méquinez, la capitale de l'empire du Maghreb, qui est presque inaccessible aux voyageurs européens. Il en rapporta onze tableaux et aquarelles, et les études pour la grande toile, fameuse, du musée de Toulouse, *la Sortie de l'empereur du Maroc*, et *la Noce juive* du Louvre. La correspondance adressée du Maroc par Delacroix à ses amis Pierret et Villot déborde d'enthousiasme et de lyrisme : « C'est un lieu pour les peintres, écrit-il de Tanger ;... le beau y abonde, non pas le beau si vanté des tableaux à la mode. Les héros de David et Compagnie feraient une triste figure avec leurs membres couleur de rose auprès de ces fils du soleil ; mais, en revanche, le costume antique y est mieux porté, je m'en flatte. Si vous avez quelques mois à perdre quelque jour, venez en Barbarie : vous y verrez le naturel, qui est toujours déguisé dans nos contrées, vous y sentirez la précieuse et rare influence du soleil qui donne à toutes choses une vie pénétrante. » Puis, Delacroix visita l'Espagne, qui lui procura les plus vives sensations artistiques. Il les résumait ainsi : « Je reviens de l'Epagne, où j'ai passé quelques semaines : j'ai vu Cadix, Séville, etc. Dans ce peu de temps, j'ai vécu vingt fois plus qu'en quelques mois à Paris. Je suis bien content d'avoir pu me faire une idée de ce pays... » Et le grand artiste se rendit en Algérie, d'où sont datées quelques-unes de ses plus belles œuvres.

⁂

Decamps a étudié l'Orient et l'Égypte. Corot n'a pas fait moins de trois longs séjours en Italie, d'où il a rapporté des œuvres superbes. Gleyre fut un véritable explorateur : il parcourut l'Asie Mineure, la Grèce, l'Égypte, et poussa jusqu'à Khartoum ; l'Italie lui était familière.

MONUMENT DE HENRI REGNAULT

PEINTRE

1843-1871

(École des beaux-arts, de Paris).

PRINCIPALES ŒUVRES

*Portrait équestre de Prim ; — Exécution sous les rois maures de Grenade ;
Salomé ; — Portrait de la comtesse de Barck.*

Parmi les peintres contemporains célèbres, les voyageurs sont nombreux : Bonnat a été à Athènes, à Constantinople, à Jérusalem; Gérôme connaît l'Égypte comme sa Franche-Comté; Detaille a travaillé dans l'Europe tout entière, d'Édimbourg à Moscou, d'Amsterdam à Cadix; il a suivi des grandes manœuvres militaires dans les camps de Tsarkoë-Selo et d'Aldershot; il a fait la campagne de Tunisie, en qualité de sous-lieutenant attaché à l'état-major du corps expéditionnaire. Paul Baudry visita deux fois l'Égypte, fit le voyage de Grèce, pendant lequel il adressa à ses amis des lettres fort éloquentes, parcourut l'Italie en tous sens, et alla étudier à Londres et à Madrid.

CHAPITRE XX

La personnalité.

— Dans une œuvre d'art, il n'y a de beau et d'utile que ce que l'artiste y a mis lui-même.

— L'œuvre sort vivante de l'artiste, comme la fleur et le fruit sortent du germe.

— Le style de la rose est son parfum, le style du lis sa blancheur. Le même soleil fait fleurir les roses et les lis.

— Tout artiste doit avoir son style, expression de sa personnalité.

— La médiocrité se reconnaît à la banalité des traits.

— Une manière de peindre est une manière de sentir; à chaque évolution du cœur correspond une évolution de la forme.

— Notre personnalité agit sur nous comme une suggestion constante qui modèle à son image toutes nos impressions, toutes nos idées, toutes nos œuvres. Tout artiste voit la nature à travers sa personnalité. Or, la conception que nous nous formons de nous-mêmes tend constamment à s'extérioriser. Notre idéal personnel s'élargit donc d'autant, et devient une partie de l'idéal commun à l'humanité.

— L'artiste sincère exprime sa sensation telle qu'il l'a

JULES BRETON
PEINTRE
Né en 1827.

———

PRINCIPALES ŒUVRES

Le Retour des moissonneurs; — La Bénédiction des blés:
La Plantation d'un calvaire: — Le Rappel des glaneuses;
La Fin de la journée; — Source au bord de la mer;
Pardon en Bretagne.

éprouvée. Cette sensation apparaîtra d'autant plus nouvelle que l'artiste l'aura puisée plus profondément en lui.

— L'imitation interdit la supériorité.

— Être soi-même, par soi seul, est le moyen le plus rapide et le plus sûr pour arriver au succès et à la gloire.

L'artiste doit se garder soigneusement de verser dans les courants d'idées sociales, philosophiques ou littéraires ; ils le feraient penser et produire d'après des idées autres que les siennes, et entraveraient son originalité et sa personnalité.

E. BARRIAS.

Qu'importe pour un artiste qu'il ait fait ceci ou cela, de grandes décorations ou de petits tableaux, s'il peut laisser après lui quelque chose qui soit l'expression de sa personnalité, qui l'empêche de mourir tout entier. Pour moi, j'envie la fortune d'Antonello de Messine, qui par son chef-d'œuvre unique — le portrait du Louvre — a vécu et vivra dans la mémoire des hommes plus longtemps que tant de peintres qui ont fait des peintures de dimensions colossales, aujourd'hui ignorées ou disparues.

BOUGUEREAU.

Les grands peintres ont toujours été jaloux de leur originalité. Ils ont naturellement commencé par subir l'influence de leurs maîtres, et leurs premières œuvres en gardent l'empreinte ; mais, une fois conquise, leur manière est restée bien personnelle, et les variations successives qu'on y remarque ne sont que la conséquence des déviations qui se sont faites dans leur organisation.

JULES BRETON.

Je leur laisserai faire de la peinture comme ils l'enten-

16

dent, et je ferai la nature comme je la vois et comme je la sens.

Brascassat.

J'ai pris beaucoup de peine, je me suis bien souvent fait du mauvais sang ; mais rien n'égale la satisfaction que l'on éprouve à voir enfin réussir une œuvre bien à soi, une œuvre qui est la moelle de vos os, l'essence de votre cœur, une véritable création en un mot.

Cabanel.

La meilleure manière en art, c'est de n'avoir aucune manière. Oubliez toutes les manières.

Léon Coignet.

La meilleure façon pour un artiste de signer son travail, c'est de mettre le caractère de son talent dans l'œuvre qu'il fait. Cette manière d'y placer son nom vaut mieux que l'écriture. C'est ainsi que les hommes d'autrefois s'y prenaient. Mais c'est plus difficile.

Dalou.

Les savants ne font autre chose que trouver dans la nature ce qui y est. La personnalité du savant est absente de son œuvre. Il en est tout autrement de l'artiste. C'est le cachet qu'il imprime à son ouvrage qui en fait une œuvre d'artiste, c'est-à-dire d'inventeur.

Delacroix.

Il y a deux manières d'être original : comptez sur les maîtres pour vous préserver de l'une et vous aider à trouver l'autre. En même temps que leur commerce vous fera éviter les exagérations et les bizarreries de parti pris, il vous inspirera l'amour de la vérité, le sentiment de la mesure, la grandeur et la simplicité du style, toutes les convictions nobles et profondes où vous puiserez la force et le courage pour les luttes de la vie. Quelles que puissent être

PAUL DUBOIS

STATUAIRE ET PEINTRE

Né en 1829.

PRINCIPALES ŒUVRES

Tombeau de Lamoricière
(Chœur de la cathédrale de Nantes) ;
Statue équestre de Jeanne d'Arc
(Parvis de la cathédrale de Reims) ;
Statue équestre d'Anne de Montmorency
(Parc de Chantilly) ;
Le Chanteur florentin ; — Narcisse au bain ; — Ève naissante ;
Portraits de mes enfants ;
Bustes de Henner, de Paul Baudry, et du docteur Parrot.

les apparences, les spectacles que nous offrent le monde et la nature ne sont guère sujets au changement ; les maîtres vous enseigneront que c'est par la manière personnelle de sentir et d'exprimer les passions éternelles de l'humanité, qu'un artiste renouvelle et s'approprie un sujet. De même qu'ils ont su se frayer un chemin à côté de celui qu'avaient suivi leurs devanciers ou leurs contemporains, de même, n'en doutez pas, ils vous laisseront vous frayer le vôtre. Mais, au lieu de chercher seuls, et à l'aventure, en courant le risque de vous égarer dans les ténèbres, vous les aurez pour guides et vous marcherez d'un pas sûr, à l'éclatante lumière de leurs exemples.

PAUL DUBOIS.

Je ne suis pas de ceux qui se font les détracteurs du temps présent ; mais il me semble pourtant, je dois le dire, qu'aujourd'hui dans les arts règne un certain désarroi, et que les jeunes gens, au milieu de toutes ces voies nouvelles, doivent éprouver quelque inquiétude sur le chemin à suivre. Leur esprit est sollicité de toutes parts, dans les sens les plus divers, et il est très difficile, à ce qu'il semble, de se décider. Eh bien ! ne vous effrayez pas, allez de l'avant sans consulter personne que vous-même ; adressez-vous en toute confiance à la nature, qui est le seul guide à suivre, le seul guide qui ne trompe jamais. Si vous l'interprétez sincèrement, votre œuvre sera bonne, et vous entrerez à coup sûr dans une voie qui vous sera propice ; mais, pour marcher il ne faut pas chausser les souliers d'un autre.

GÉROME.

Être soi-même, voilà certainement l'idée dont chacun de vous est occupé, et rien n'est plus juste. Mais laissez-moi vous le dire : le problème n'est pas d'être soi-même, mais de le rester. Dans les arts, il ne faut pas se chercher au dehors, mais se garder la fidélité. Vivre avec sa pensée, n'en rien laisser sortir qui ne soit conforme à une certaine idée que l'on ait en propre ; c'est pour nous une règle de vie, c'est un devoir. Le point essentiel est toujours de savoir si ce que l'on peint, si ce que l'on sculpte, si ce que l'on chante, est l'exacte expression de ce qu'il y a de plus profond dans le sentiment; si l'on ne sacrifie rien de cette vision invisible à tout autre, que l'on porte en soi; si on ne lui donne pas une forme mensongère; si l'on ne se trahit pas.

Eugène Guillaume.

Le maître est celui dont les œuvres ne font pas penser à celles des autres.

Meissonier.

Ce n'est pas tant les choses représentées qui font le beau, que le besoin qu'on a eu de les représenter; et le besoin a créé lui-même le degré de puissance avec lequel on s'en est acquitté.

J.-F. Millet.

Je ne peux ni ne veux voir par les yeux des autres; leurs lunettes ne me vont point. J'observe la nature, et je tâche de l'imiter dans ses effets les plus attrayants.

Prudhon.

L'originalité est dans l'art la première de toutes les qualités.

Viollet-le-Duc.

Après avoir évolué successivement avec indécision, à travers toutes les manières des maîtres célèbres et populaires, J.-F. Millet arriva un jour triomphalement à la création d'un type absolument personnel, qui n'avait jamais été inventé avant lui : le Paysan.

Au début de sa carrière artistique, le peintre de l'*Angélus* et de la *Tonte* peignit dans le goût de Boucher, puis à la façon de Corrège, et ensuite, sur le modèle de Prudhon, des fantaisies galantes, parfois légères, où apparaît un

LÉON BONNAT

PEINTRE

Né en 1833

PRINCIPALES ŒUVRES

Christ en croix
(Salle de la Cour d'assises, à Paris) ;
Le Martyre de saint Denis
(Panthéon) ;
Assomption
(Église de Saint-André, à Bayonne) ;
Saint Vincent de Paul prenant la place d'un galérien ;
Portraits de Thiers, Jules Grévy, Victor Hugo, Puvis de Chavannes,
Duc d'Aumale, Cardinal Lavigerie,
Jules Ferry, Sadi Carnot, Félix Faure, Renan,
et Madame Pasca.

sentiment très fin de la grâce féminine. Ses figures parurent si charmantes, si pures de lignes, si savoureuses de
coloris, que le titre de « Maître du nu » lui fut donné immédiatement par ses amis et par la critique. Mais ce n'était
que par nécessité et à regret que Millet se livrait à ces
travaux. Il a un autre idéal, il poursuit un autre rêve d'art.
Quand on s'est nourri de la forte moelle de la Bible et de
Virgile, qu'on a passé son enfance et sa jeunesse au milieu
des champs dans la contemplation de la nature, il n'est
pas possible de vivre toute une vie à peindre sans conviction des nymphes, des naïades et des Amours. Alors, le
pain du jour gagné, il travailla solitairement, avec àpreté,
à des œuvres plus saines et plus sévères. « Quand je me
trouvais seul dans mon garni, disait-il à un de ses amis,
en lui rappelant les années de privations et d'enthousiasmes juvéniles, je ne voulais plus penser qu'aux maîtres
qui ont fait la créature si fervente qu'elle en est belle, si
belle, si noblement belle qu'elle en est bonne. » De telles
pensées devaient conduire Millet à une transformation radicale. Un incident hâta sa résolution intime d'abandonner
les nudités galantes pour se consacrer au naturalisme. Un
soir, devant une vitrine de marchand de tableaux, il aperçut des jeunes gens examinant une de ses compositions,
des *Baigneuses*. L'un disait : « Connais-tu l'auteur de cela?
— Oui, répondit l'autre, c'est un nommé Millet, qui ne
fait que des femmes nues. » Ces mots blessèrent le peintre ; il se crut condamné à perpétuité aux nudités. Rentré
chez lui, il rapporta à sa femme ce qu'il venait d'entendre.
« Si tu veux, lui dit-il, jamais plus je ne ferai de cette
peinture ; la vie sera encore bien plus dure, tu en souffriras, mais je serai libre, et j'accomplirai ce qui m'occupe
l'esprit depuis longtemps. » Mme Millet répondit avec simplicité : « Je suis prête, fais à ta volonté. »

D'après une anecdote piquante rapportée par Baudelaire, un jour, Sosthènes de La Rochefoucauld, directeur des beaux-arts, sous la Restauration, manda dans son cabinet Delacroix.

Après maints compliments, il lui dit qu'il était affligeant qu'un homme d'une si riche imagination et d'un si beau talent, auquel le gouvernement voulait du bien, ne consentît pas à mettre un peu d'eau dans son vin ; et il lui demanda définitivement s'il ne lui serait pas possible de modifier sa manière. Delacroix, prodigieusement étonné de ces conseils ministériels, répondit qu'apparemment s'il peignait ainsi, c'est qu'il le fallait, et qu'il ne pouvait pas faire autrement. Il tomba dans une disgrâce complète et, pendant sept ans, fut privé de toute espèce de travaux officiels.

Le grand artiste, écrivant à son ami Soulier, lui faisait part ainsi de cette mésaventure et des conséquences qu'elle allait avoir pour lui : « De travaux et d'encouragement, je n'en dois attendre aucun. Les plus favorables pour moi s'accordent à me considérer comme un fou intéressant, mais qu'il serait dangereux d'encourager dans ses écarts et dans sa bizarrerie. J'ai eu dernièrement une petite discussion avec le Sosthènes. La substance est que je n'ai rien à attendre de ce côté tant que je ne changerai pas de route. Le Ciel m'a fait la grâce de conserver mon sang-froid pendant ce colloque où cet imbécile, qui n'a ni sens commun ni aplomb d'aucun genre, n'en avait plus du tout. »

***

Dans ses *Souvenirs et Entretiens,* Meissonier a conté spirituellement comment il devint peintre de genre : « Chenavard, en 1838 ou 1839, était venu prendre sa place accoutumée à ma petite table. Avant le dîner, je lui montrais le tableau que j'avais en train : il s'agissait de *Jésus-Christ devant les apôtres,* toile qui est aujourd'hui chez je ne sais qui. Chenavard resta longtemps à regarder sans rien dire. Je lui développai mon plan ; il ne disait toujours rien. Alors, faisant le tour de mon atelier, il examina attentivement, mais toujours sans rien dire, chacune des toiles qui s'y trouvaient. Le *Joueur de contrebasse* l'arrêta. Sa revue terminée, il revint aux *Apôtres* et se mit à les démolir. « Vous n'avez pas la prétention, je pense, de « refaire ces choses-là mieux que Raphaël? — Certes. — « Eh bien! alors, pourquoi redire moins bien ce qui a été « dit dans la perfection? » Et, me conduisant au *Joueur de contrebasse :* « A la bonne heure! voilà qui est person- « nel et excellent! » Puis, il m'emmena chez Gleyre, avec qui il était très lié. A tout ce que lui montra Gleyre, *Enfant prodigue,* carton de ceci, carton de cela, il disait : « Parfait! » Il approuvait tout, il louait tout. J'étais bien surpris. En descendant l'escalier, je lui dis : « Mais, est-ce « que vraiment vous trouvez cela si bon? — M'avez-vous « entendu, reprit-il, louer quelque chose plus qu'une autre? « Rien n'est donc hors de pair, rien n'est remarquable là « dedans. » Je compris alors ce que valait son approbation si vive pour le *Joueur de contrebasse,* après la critique si nette des *Apôtres*. De ce jour, un peintre de genre était né. »

Après un grand succès à un des Salons sous le second Empire, l'administration des beaux-arts songea à faire décerner à Alfred Stevens la médaille d'honneur. Robert Fleury fut chargé de transmettre au peintre de la vie féminine et des élégances mondaines les intentions officielles, et, en même temps, les conditions auxquelles, il est vrai, cette distinction lui serait accordée. Il fit venir chez lui Stevens, et lui dit : « Vous êtes un grand peintre, mais vous devriez changer de sujets. Vous étouffez dans un monde à l'étroit. Promettez-moi de faire ce que je vous demande, et nous vous donnerons la médaille d'honneur. — Gardez votre médaille, répondit Stevens, je garde mon genre. » Il salua respectueusement le vénérable académicien, et sortit.

TROISIÈME PARTIE

DEVOIRS DE L'ARTISTE ENVERS LA SOCIÉTÉ; VERTUS SOCIALES.

CHAPITRE XXI

Le goût de la solitude.

— Le goût ou l'aversion de la solitude est pour l'artiste l'indice le plus sûr de l'état bon ou mauvais de sa santé physique et morale.

— On ne s'ennuie jamais avec soi-même, quand on est de bonne humeur et bien portant ; on n'a pas peur de se trouver en face de ses pensées, quand elles sont honnêtes, nobles et généreuses.

— On ne crée que dans la solitude.

— C'est dans la solitude que l'artiste peut le mieux équilibrer les désirs, les ambitions, les rêves de son imagination, et la réalité.

— La solitude élimine de l'esprit de l'artiste les inutilités, les caprices, et les vanités.

— Dans la solitude seulement, l'artiste peut se faire sa personnalité, la rendre de plus en plus forte, plus évidente, et plus triomphante.

— Dans la solitude, l'artiste s'appartient tout entier, alors que dans le monde, le plus souvent sans s'en douter, mais à son grand dommage, il est l'esclave des futilités, des snobismes et des préjugés, qui sont le fond des relations et des conversations mondaines.

— Le monde n'admet, chez ceux qui le fréquentent, que la conformité banale des opinions, des idées, et des sentiments.

— Le monde n'engendre généralement que de l'ennui et de la tristesse, par le spectacle de ses jalousies, de ses envies, de ses médisances, et de ses calomnies.

— Dans la solitude, l'artiste s'habitue à ne prendre conseil que de sa conscience, et à ne se satisfaire que de son approbation.

Je m'isole et me dérobe le plus que je puis.

PAUL BAUDRY.

Je suis fait de telle pâte que la moindre chose me distrait, et je ne peux bien penser à mes amis et à ma peinture que lorsque je suis seul comme un hibou.

Et puis, est-ce un grand malheur de ne pas jouer un rôle dans le monde? Les honneurs et la fortune coûtent trop cher pour que cela soit ainsi. Quand tu vas au spectacle, voudrais-tu être acteur? Je suis sûr que non. Eh bien, considérons le monde comme un spectacle, observons-le en amateurs.

BRASCASSAT.

A force de se mêler avec les autres hommes, on perd son empreinte, on change son propre caractère contre le caractère général ; on pense avec l'esprit des autres, on cesse d'être soi-même. J'ai la conviction que la société continuelle ôte à l'esprit une partie de ses forces contractives, et le distrait trop ; la solitude donne à l'âme une force double, que le travail alimente et grandit.

CHAPU.

Vous devez vous figurer qu'il s'est passé des choses

DAVID D'ANGERS

SCULPTEUR

1789-1856.

———

PRINCIPALES ŒUVRES

Fronton du Panthéon;
Monument du roi René, à Angers;
Monument du général Foy, au Père-Lachaise, à Paris;
Jeune Fille grecque déposant une couronne sur le tombeau de Marco Botzaris;
Monument de Bonchamps, à Saint-Florent (Vendée);
Décoration de la Porte d'Aix, à Marseille.

extraordinaires depuis votre départ ; ça fait toujours cet effet-là quand on n'a pas de nouvelles. Eh bien, vous retrouverez tout à la même place. Je vois peu de monde ; ma porte est toujours close ; et, le soir, j'évite l'orgie[1].

DETAILLE.

Cette douce et charmante compagnie de l'homme, qu'on appelle pensée, méditation, rêverie ! Toujours consolante ou joyeuse, selon les occasions de la vie ! Que la chambre soit triste, que le brouillard ou le givre trouble les vitres, ou que le soleil y chatoie, que la bourse soit pleine ou vide ; toujours pleine de sympathie, pleine de charme !

GAVARNI.

L'artiste doit rester dans son atelier, où il est roi. Qu'a-t-il à faire dans le monde, où, sans tenir à lui, on se pare de sa personne quand il est célèbre, en le servant aux invités ?

MEISSONIER.

La peinture doit être un silence passionné.

GUSTAVE MOREAU.

Le mot « vernissage » me donne des nausées ; je ne lui comparerais, comme pendant en odiosité, que le mot « fin de siècle ». Existe-t-il quelque chose de plus vide, de plus agaçant que cette stupide expression, qui nous encombre depuis quelque temps ? Ajoutez à cela l'affreux temps qui ronge l'année (pour ceux à qui il en reste si peu, ce n'est pas régalant), et vous comprendrez le sourd harassement que j'éprouve, le besoin de me recueillir, de fermer mes yeux et mes oreilles, de rassembler mon être éparpillé, accaparé par un tas de choses. Oui, une modeste auberge, une chambre blanchie à la chaux, un jardin de curé, à mille lieues de la bacchanale qui nous étourdit, voilà ce que je voudrais et ce que je n'aurai pas.

PUVIS DE CHAVANNES.

1. Lettre à un ami.

Je vais devenir maintenant casanier, et me cacher pendant quelque temps plus obscurément que jamais ; j'ai tant de choses à faire qu'il vaut mieux, je crois, me réfugier dans mon avenir que de penser à jouir du présent.

TH. ROUSSEAU.

Le baron Gérard, arrivé à la fortune et à la gloire, recevait beaucoup ; ses invités étaient les plus hauts personnages de l'aristocratie, de la politique, de l'art, de la littérature. Mais, il n'aimait pas le monde hors de chez lui. Au temps où il était le plus recherché et le plus fêté, il lui arrivait constamment de se dérober après les présentations. Alors, il s'en allait rejoindre à Montmartre les amis de sa jeunesse, Percier, Fontaine, etc. ; ou il rentrait chez lui, si impatient de s'enfoncer dans son vieux fauteuil et de fumer sa pipe que, dès la première marche de l'escalier de sa maison, il commençait à quitter son habit de soirée.

Delacroix vécut trente ans dans son atelier de la rue de Furstemberg, silencieux et solitaire, tenant sa porte verrouillée, dessinant, peignant sans relâche. Il n'en était pas moins un homme du monde, à l'esprit cultivé, à la parole spirituelle et mordante, et de la tenue la plus élégante. Mme Jaubert, dans ses *Souvenirs,* a ainsi portraicturé Delacroix, en société à la campagne, chez Berryer, dans son domaine d'Angerville : « Delacroix, aimable, séduisant, d'une politesse exquise, sans aucune exigence, jouissait pleinement, à Angerville, d'une sorte de vacance qu'il s'accordait. Il se prêtait à toutes les distractions, très empressé aux promenades, à cette seule condition qu'il lui fût accordé le temps de se costumer. Irait-on en bateau, à pied, en voiture ? Aussitôt la décision prise, il s'éclipsait, puis reparaissait, ayant combiné ses vêtements pour affron-

N.-V. DIAZ

PEINTRE

1807-1876.

PRINCIPALES ŒUVRES

Le Bas Bréau ; — La Mare aux Vipères ; — Le Matin ;
La Descente des Bohémiens ; — L'Orientale ; — La Fée aux perles ;
Femmes d'Alger ; — L'Amour désarmé ;
Le Jardin des Amours ;
Galatée.

ter soit la mer de glace, le soleil du désert, le vent de la montagne. Cette manœuvre nous divertissait. »

⁂

Expulsé des salons pendant de nombreuses années, Puvis de Chavannes commença dès sa vingtième année et continua durant un demi-siècle cette vie d'isolement superbe, qui est le secret de son originalité si intense, de sa personnalité si vigoureuse, de sa fécondité pour ainsi dire inépuisable. Il prit l'habitude du travail solitaire dans l'atelier lointain, impitoyablement fermé à toutes les curiosités mondaines, à toutes les distractions sociales, à tous les bruits de la rue, à toutes les agitations et à toutes les influences de la mode, du snobisme et des académies. Longtemps, il peint pour lui-même, pour quelques amis qui le comprennent et l'aiment, comme l'ont fait tant de maîtres, qui, au début de la carrière artistique, ont été incompris, sinon ignorés de leurs contemporains, comme Ingres, J.-F. Millet, Corot, Th. Rousseau, etc.

⁂

Chaque année, depuis quarante ans, pendant deux mois, Bouguereau s'en va faire une cure d'air natal dans sa chère ville de la Rochelle. Sa maison de retraite est un vieil hôtel du siècle dernier, entre cour et jardin, sis dans l'enceinte murale, à quelques mètres de la porte de l'Horloge, de la tour de la Lanterne et du port. D'un angle du jardin — qui mesure deux cents pieds carrés peut-être — il a fait son atelier de plein air, et d'une orangerie son atelier couvert, en cas de pluie. Dès six heures du matin, qu'il pleuve, vente, bruine ou ensoleille, escorté de ses trois chiens et d'un domestique, il fait une promenade de deux heures, dans les champs ou au bord de la mer. Il rentre, prend une tasse de thé, et se met au travail. A onze heures a lieu le déjeuner de famille ; à une heure, la séance de modèle est reprise, poursuivie jusqu'à six heures, avec de très courts repos. Alors, le peintre prend sa canne rustique, son chapeau de feutre mou, et s'en va, la cigarette aux lèvres, faire bourgeoisement le tour du port, et voir le soleil se coucher sur l'Océan. Quand les horloges de la ville tintent sept heures, il rentre pour dîner; et à dix heures sonne le couvre-feu pour toute la maison.

Pendant près d'un demi-siècle, Gustave Moreau a mené, dans sa maison paternelle de la rue La Rochefoucauld, convertie en un atelier immense, la vie la plus solitaire et la plus laborieuse, entassant dessins, aquarelles et tableaux, qu'il ne montrait à personne, et qui ont constitué le musée personnel légué par lui à l'État. Sans être le moins du monde misanthrope, il consacrait exclusivement ses rares loisirs d'artiste à sa mère et à trois amis intimes, Puvis de Chavannes, Élie Delaunay, et Gounod. Quand la mort eut brisé ces relations et fait le vide dans la maison paternelle, Gustave Moreau ne trouva de consolations que dans un labeur plus acharné encore, et se confina dans une solitude plus complète, interrompue seulement par son enseignement de l'École nationale des beaux-arts. Et c'est ainsi qu'il a pu créer un œuvre énorme, qui étonne par la puissance de travail, par la fécondité d'imagination qu'il révèle, et qui est bien un des plus admirables exemples de volonté, d'énergie et de haut idéal à proposer à la jeunesse de nos écoles d'art.

CHAPITRE XXII

L'orgueil de son métier. — L'indépendance.

— La profession d'artiste est une des plus honorables qui soient; elle tient dans l'organisme social une des premières places.

— L'artiste doit donc avoir l'orgueil et l'amour-propre de son métier.

— L'amour-propre est souvent le mobile des décisions et des actions les plus audacieuses et les plus énergiques.

— L'artiste ne doit pas être timide; la timidité provoque la dépréciation de soi-même; et se déprécier est une stupidité.

— L'artiste sérieux et honnête se montre toujours ce qu'il est.

— La manifestation de la personnalité assure le respect et la sympathie.

— Faire semblant d'être ce qu'on n'est pas, c'est se déguiser. Or, tout déguisement, physique ou moral, est un acte grotesque.

— Le monde, qui est d'une profonde ignorance, laisse à chacun le droit et le soin de déterminer sa propre valeur; il acceptera toujours la mesure qu'un artiste, avec bonne grâce et esprit, donne de lui et de ses œuvres.

— Pour se faire respecter et aimer, il faut s'être rendu indépendant de tout le monde.

— L'argent est un bon serviteur et un mauvais maître.

Oh! quand une fois on a été mordu de la misère, il vous reste toujours la crainte d'en être repiqué.

PAUL BAUDRY.

J'ai compris de bonne heure combien une certaine fortune est indispensable à un homme qui est dans ma position. Il serait aussi fâcheux pour moi d'en avoir une très considérable, qu'il le serait d'en manquer tout à fait. La dignité, le respect de son caractère, ne vont qu'avec un certain degré d'aisance. Voilà ce que j'apprécie et qui est absolument nécessaire, bien plus que les petites commodités que donne une petite richesse. Ce qui vient tout de suite après cette nécessité de l'indépendance, c'est la tranquillité d'esprit, c'est d'être affranchi de ces troubles et de ces démarches ignobles qu'entraînent les embarras d'argent. Il faut beaucoup de prudence pour arriver à cet état nécessaire et pour s'y maintenir; il faut sans cesse avoir devant les yeux la nécessité de ce calme, de cette absence des soucis matériels, qui permet d'être tout entier à des tentatives élevées et qui empêche l'âme et l'esprit de se dégrader.

DELACROIX.

J'ai le temps; le temps est de l'argent. Sans argent on ne peut rien faire, et le bien en toute chose n'est possible qu'avec de l'argent. Donc le temps est une mine où à toute heure il faut puiser, sans perdre une minute. Le temps qu'on perd ne profite à personne. Celui qu'on emploie profite à tous.

GALLAND.

Les natures fières et modestes, sur lesquelles le regard est exposé à glisser, ont souvent un fond très riche. On est enclin à les traiter avec froideur, parce qu'elles se réservent ou se méconnaissent. Le monde se met aisément d'accord avec ceux qui font bon marché d'eux-mêmes, et la destinée, sans aucun souci d'avoir à se justifier, désigne les uns pour une renommée éclatante, les autres pour être l'objet d'une indifférence pire que l'oubli.

EUGÈNE GUILLAUME.

Non! non! c'est une erreur de penser que la misère est nécessaire aux vocations; la difficulté de bien des années d'existence par la résistance de mon père à la mienne m'a jeté, quoi qu'on en dise, en dehors de ma voie et m'a fait perdre un temps précieux qui a mis en retard toute ma vie.

Qu'il est cruel à mon âge d'être obligé de travailler à ce que je n'aime pas, pour m'assurer la liberté (après avoir gagné ce qu'il faut à ma maison) de travailler à ma guise! Rien n'exprime assez mon horreur à me remettre à faire des bonshommes pour vivre! Ah! le moyen d'être indépendant, pour ne faire que des choses importantes!

MEISSONIER.

Le désintéressement est un noble défaut, supérieur en somme à bien des qualités, mais il faut s'en méfier, et, par la bonne grâce naturelle, ne pas trop tenter les gens de le mettre à l'épreuve.

PUVIS DE CHAVANNES.

A Rome, pendant son premier séjour, pour se faire connaître et se procurer quelques travaux, Ingres avait accepté le patronage d'un domestique de place, qui, moyennant la redevance d'un écu par dessin vendu ou par portrait exécuté, le recommandait à ses propres clients. Malheureusement pour le peintre et pour ses clients, le domestique ne pouvait pas toujours les mettre directement en rapport. Aussi, un jour, arriva cette mésaventure, entre beaucoup d'autres. Un étranger, envoyé par le courtier, monte les escaliers de la maison où habite Ingres. Arrivé à l'étage indiqué, le plus haut, il frappe à une porte. On ouvre. « Est-ce ici que demeure le dessinateur de portraits? demande-t-il d'un air quelque peu suffisant. — Non, Monsieur, répond Ingres; celui qui demeure ici est un peintre. » Et, cela dit du ton le plus hautain, il ferme la porte au nez de son client, qui, se présentant de toute autre façon, eût été accueilli avec reconnaissance comme un bienfaiteur, car, en ce temps-là, Ingres ne mangeait pas tous les jours à sa faim.

✻❧

Certain prince de la famille impériale manda, un jour, fort cavalièrement, au peintre Gérard, très à la mode depuis qu'il avait fait le portrait de Joséphine, de se rendre à Fontainebleau pour le peindre en pied dans ses appartements. Le peintre répondit à l'envoyé qu'il lui était impossible de peindre hors de son atelier. Quelques jours après, le prince adressait à Gérard une lettre d'excuses, lui demandant s'il voulait bien faire son portrait, et le priant de lui indiquer le jour et l'heure où il pourrait se présenter à son atelier pour poser.

✻❧

Joseph Vernet avait été chargé de dessiner la chapelle d'un château dans les environs d'Avignon. A la fin de la première journée de travail, — il était arrivé après le déjeuner, — un valet vint lui dire : « A quelle heure Monsieur veut-il se mettre à table? — Je suivrai les usages de la maison, » répondit le peintre. — On a disposé pour Monsieur une table à part, » répliqua le valet. Joseph Vernet ne dit plus rien, nettoya sa palette et ses pinceaux, monta à sa chambre, plia son bagage, et quitta immédiatement le château.

CARPEAUX

SCULPTEUR

1827-1875.

————

PRINCIPALES ŒUVRES

Les Quatre Parties du Monde
(Fontaine de l'Observatoire, à Paris);

Hauts reliefs du fronton du pavillon de Flore
(Palais du Louvre);

Le groupe de la Danse
(Opéra, de Paris);

Ugolin et ses enfants
(Jardin des Tuileries);

La Défense nationale
(Hôtel de ville de Valenciennes).

Horace Vernet adressait à sa femme, de Saint-Péters-
bourg, en 1842, cette curieuse lettre :

« En arrivant à Peterhof, j'ai été pris par le prince Vol-
koski, qui tient les cordons de la bourse. Sa première
question, après les politesses d'usage, a été faite pour savoir si j'apportais quelque chose pour Sa Majesté. Je lui ai
répondu : « Non; » et j'ai ajouté qu'il n'entre pas dans mes
habitudes de colporter ma marchandise; que les voyages
sont pour moi un repos et une distraction; que je n'étais
venu en Russie que dans le seul but de témoigner ma
gratitude à l'empereur pour ses précédentes bontés, en me
mettant à sa disposition. »

Voici un autre fait qui est tout à l'honneur d'Horace
Vernet, comme trait d'esprit et de caractère. L'artiste était
à ce moment directeur de l'Académie de France, à Rome;
il avait envoyé à Charles X le portrait du pape. Le roi,
charmé, fit proposer à l'artiste de le nommer baron; Horace
Vernet fit à l'intermédiaire cette fière réponse : « Pour un
peintre le nom de Vernet me semble parfaitement bien,
sans titre honorifique; ce nom est de lui-même sorti de la
foule, et le titre de baron l'y confondrait de nouveau; mais
si Sa Majesté est disposée à m'accorder ce qui me ferait
le plus grand plaisir, dites-lui que je la prie d'accorder la
distinction de la Légion d'honneur à M. Dumont, sculpteur, l'un de mes pensionnaires, qui vient d'exécuter un
groupe du plus grand mérite. »

En 1859, le duc de Morny était allé faire une visite à
Meissonier, dans son atelier du quai Bourbon. Il vit sur
un chevalet un tableau en train, *les Amateurs de peinture,*

et il demanda à l'artiste de le lui réserver. Pendant plusieurs mois, Meissonier ne revit plus le duc, et ne reçut aucune lettre de lui relativement à cette affaire. Mais, quelques jours avant le Salon de 1860, un familier de M. de Morny entrait chez lui et, du ton le plus suffisant, avec quelque impertinence même, demanda à l'artiste si le tableau de M. le duc était terminé, ajoutant que M. le duc le réclamait. Meissonier montra de la main au personnage les *Amateurs de peinture,* qui étaient sur le même chevalet, et répliqua : « Le tableau est inachevé; il le sera toujours pour M. le duc de Morny. Dites-le-lui de ma part. »

Quelque temps après, Meissonier rencontrait dans le monde le fameux ministre de l'Empire. Celui-ci lui fit les premières avances, et lui demanda gracieusement pour sa galerie un tableau en remplacement des *Amateurs de peinture*. Meissonier peignit, en 1862, pour le duc de Morny, le portrait de Napoléon, où il est représenté à cheval, tenant de la main gauche pendante une lorgnette de campagne, escorté de deux aides de camp, en contre-bas du tertre.

En 1848, Charles Blanc, directeur des beaux-arts, désireux d'acheter un des tableaux de Courbet qui figuraient avec succès au Salon, lui en demanda le prix. — « Mais, Môssieu, répondit le peintre d'Ornans, avec son pittoresque accent franc-comtois, ce sera ce que vous voudrez. » Charles Blanc aimait beaucoup causer d'esthétique avec les artistes, il s'instruisait; et, malgré son apparente naïveté et son scepticisme goguenard, Courbet ne le détestait point. La conversation s'engagea donc entre eux. Avant de se séparer, Courbet demanda à Charles Blanc combien il payait le tableau d'un autre artiste que l'administration avait acheté. Sur la réponse qu'on en avait donné trois mille francs, il répliqua : « Alors, je veux aussi trois mille francs du mien, ou vous ne l'aurez pas. »

Carpeaux, qui était reçu avec bienveillance à Compiègne par Napoléon III, se présenta un jour devant l'empereur, sa figure exprimant une vive inquiétude.

« Qu'avez-vous, Monsieur Carpeaux? lui dit le souverain.

— Sire, je viens vous demander une grâce.

— Et laquelle?

— Celle de me faire baron, sire.

— Quelle idée vous prend? Avez-vous envie d'entrer dans la diplomatie?

— Non, sire, mais j'ai envie d'épouser Mlle de M.

— Et vous croyez le titre de baron indispensable? Détrompez-vous. Quand on s'appelle Carpeaux, ce nom-là vaut tous les titres du monde. » L'empereur salua le sculpteur. La leçon valait bien un titre de baron.

Quand la Chambre de commerce de Bordeaux eut achevé, en 1879, la restauration de la Bourse, elle songea à faire décorer de peintures le grand escalier de ce palais. Puvis de Chavannes en reçut la proposition et l'accepta. Tout était de nature à sourire à l'artiste dans ce projet : un monument public, chef-d'œuvre d'architecture; un emplacement exceptionnel permettant, par ses dimensions, d'y développer en toute liberté d'espace la composition la plus vaste; une ville riche, luxueuse, aimant les arts. Peu de temps après, au moment où il se préoccupait de chercher ce qui pourrait le mieux convenir pour la décoration de l'édifice, la Chambre de commerce lui fit transmettre un programme qu'avait rédigé une commission de fonctionnaires, de négociants, et d'érudits. Il y avait là, entre autres articles, celui-ci : « Le poète Ausone revient par eau de sa campagne, sur un bateau chargé de fleurs et de fruits, que les nautoniers amarrent avec des cordes dans le port de Burdigala. » Le peintre répondit courtoisement qu'il désirait, suivant son habitude, choisir lui-même le sujet de sa composition, et qu'il s'empresserait d'en donner le titre aussitôt que ce choix serait définitivement arrêté. On lui répondit que l'adoption d'un programme sous la forme délibérative accoutumée le rendait obligatoire. Puvis de Chavannes, alors, refusa la commande, et ses relations avec la Chambre de commerce furent rompues. Si l'artiste manifestait avec tant d'énergie sa fière indépendance, c'est que dans le choix du sujet qu'il se réservait toujours, il avait la conscience d'apporter constamment une sévérité peu ordinaire, de ne jamais rien laisser au hasard.

CHAPITRE XXIII

Le culte de l'amitié.

— L'amitié, après la famille, constitue la plus belle forme sociale de la vie.

— Vivre sans amis n'est pas vivre humainement.

— L'amitié est le reflet de soi-même dans une âme, sur un autre visage.

— L'amitié est plus nécessaire à un artiste qu'à tout autre homme, parce que l'artiste vit surtout par le cerveau, par le cœur et par l'âme ; parce que son objectif constant dans sa production est de faire éprouver à autrui ce qu'il a lui-même éprouvé au spectacle de la nature, et qu'il est ainsi tout sentiments, sensations, et émotions.

— Comme le métier d'artiste comporte d'autant plus de doutes, d'inquiétudes, d'hésitations et de désespérances que l'idéal est plus élevé et que la conscience est plus sévère, celui qui l'exerce a un besoin instinctif d'aide, d'encouragement, et d'impulsion. L'amitié seule peut lui assurer tout cela.

— La communauté de rêves, d'ambitions et d'idéal, et la diversité de leurs formes d'expression dans le métier, font que l'amitié entre artistes contient des conditions excep-tionnelles de franchise, de loyauté, et de durée, qui expli-

quent tant d'exemples fameux d'amitié dans l'histoire contemporaine de l'Art français.

— L'amitié est la plus sûre épreuve de l'intelligence, du
caractère, et de la volonté. L'artiste, à qui tout cela est
indispensable, est donc intéressé à cultiver l'amitié.

Que reste-t-il de l'amour? Cendre et poussière, moins
que cela. Mais des émotions pures de l'amitié dans la jeunesse, un monde de sensations délicieuses.

Les vrais amis étant ce qu'il y a au monde de plus précieux, lorsqu'on en a trouvé un, il faut agir avec lui bien
autrement qu'avec le reste des hommes. Ainsi, bien loin de
suivre l'opinion reçue qui veut qu'avec un ami on puisse
agir librement, sans façon, en vrai déshabillé, il faut, au
contraire, des convenances, une espèce de respect. De la
confiance, oui ; mais toujours avec discrétion, même avec
de la politesse affectueuse. Avec un ami vrai, plus qu'avec
aucun autre homme, il faut être sur le qui-vive et craindre
toujours de faire ou de dire quoi que ce soit qui puisse le
blesser.

Il y a de bien grands motifs de consolation dans l'amitié.
La rareté de ce sentiment en augmente le prix.

DELACROIX.

Il faut mettre au nombre des plus précieux avantages de
la villa Médicis, à Rome, cette intimité que la vie commune
fait naître entre de jeunes artistes d'élite, cet échange con-
tinuel d'impressions, de vues, d'appréciations sur l'art,
grâce auquel le goût et les idées de chacun se développent
insensiblement de la manière la plus heureuse.

PAUL DUBOIS.

J'aime assez mes amis pour désirer ne les voir faillir en
rien. Je crois que je les aime même au point de désirer

d'en être jaloux. Quand mon cher Terrien, dont le souvenir
me revient si souvent, m'entretenait de tant de choses que
j'ignorais, je n'étais pas jaloux de son savoir; mais quand
il me parlait de ces questions qui touchent à l'âme, qui sont
la science de la vie, que nous devrions tous comprendre
de même et qu'il comprenait mieux que moi, j'étais jaloux

MONUMENT DE J.-F. MILLET ET TH. ROUSSEAU
(Barbizon, forêt de Fontainebleau.)

de lui, je lui en voulais de cette supériorité, et je l'en aimais
davantage.

MEISSONIER.

Ah! la vie, comme elle est dure parfois, et comme il
faut les amis et le ciel pour s'y attacher!

J.-F. MILLET.

Les amitiés d'artistes, célèbres, légendaires même, sont nombreuses dans l'École française contemporaine.

C'est d'abord l'amitié de J.-F. Millet et Th. Rousseau, à laquelle on a consacré un monument commémoratif, à l'entrée de la forêt de Fontainebleau, près de Barbizon. En 1849, Millet venait s'installer avec sa petite famille à Barbizon, dans une ferme convertie en atelier et maison d'habitation. Th. Rousseau avait déjà choisi ce petit village de paysans comme séjour, au lendemain de la Révolution, en compagnie de quelques autres artistes. Ils se sentirent attirés irrésistiblement l'un vers l'autre ; mais une discrétion réciproque et une mutuelle timidité firent qu'ils s'observèrent un assez long temps. Ayant reconnu dans leurs premiers entretiens qu'ils étaient en complète communion d'idéal et de foi artistique, qu'ils aimaient tous les deux passionnément leur métier, ils se lièrent, et se donnèrent pour toujours leur amitié. Ils se montraient leurs tableaux, leurs dessins et leurs projets ; ils se confiaient leurs doutes, leurs inquiétudes, leurs espérances, et se conseillaient librement, affectueusement. Bientôt rien de ce qui intéressait l'un, aussi bien dans la vie privée que dans la vie professionnelle, ne laissait l'autre indifférent. Une lettre de J.-F. Millet, vers 1852, nous fait connaître qu'il y eut entre eux à ce moment-là quelques velléités de collaboration : « Je ne sais si les deux croquis que je vous envoie pourront être bons à quelque chose ; je tâche seulement de montrer où je placerais mes figures dans votre composition, voilà tout. Vous savez mieux que moi ce qu'il faut faire et ce que vous voulez. Enfin il s'agit de travailler comme plusieurs nègres. » Pendant les douloureuses années de misère que l'auteur de l'*Angélus* eut à traverser, le grand paysagiste fut son soutien le plus dévoué et le plus délicat. C'est lui qui procura au pauvre artiste dédaigné son premier client sérieux, qui acheta, entre autres tableaux, notamment la *Femme qui donne à manger à ses poules,* pour la somme de deux mille francs, grâce à laquelle J.-F. Millet put faire avec ses enfants, en 1854, dans son pays natal, un voyage ardemment désiré, et toujours ajourné faute de ressources. Il déployait autant de diplomatie que d'activité pour faire adopter par les marchands le talent de son ami ; il s'entremettait pour la vente de ses beaux dessins, que les amateurs ne savaient pas encore apprécier à leur valeur ; dans les ventes publiques, il n'hésitait pas à soutenir les prix des tableaux en poussant héroïquement les enchères ; et il en achetait lui-même quand il était en fonds. Il fit l'acquisition du *Paysan greffant un arbre,* de l'Exposition universelle de 1855, d'une façon qui lui fait le plus grand honneur pour les sentiments de délicatesse et d'ingéniosité qu'elle démontre. Un jour, Th. Rousseau annonça, tout radieux de joie, à J.-F. Millet qu'un Américain très riche s'était épris du tableau, loué avec enthousiasme par Théophile Gautier, et en offrait quatre mille francs comptant, payables, par un caprice aimable de Yankee, en louis d'or, comme témoignage d'admiration ; mais l'acheteur tenait à garder l'incognito le plus absolu ; la somme devait être versée entre ses mains. Quelques semaines après seulement, les amis de J.-F. Millet découvrirent que l'Américain fabuleux était Th. Rousseau, qui avait voulu cacher son acte de générosité par ce stratagème amusant.

La mort de Th. Rousseau, le 22 décembre 1867, fut pour J.-F. Millet une véritable catastrophe. Il écrivait, le 31 du même mois, à Sensier : « Cette mort de Rousseau m'obsède. La tristesse et l'ennui me tiennent enveloppé à me mettre presque entièrement incapable de travail. Il va pourtant bien falloir, de gré ou de force, vaincre cette incapacité. Voilà déjà aujourd'hui huit jours qu'on l'a enterré ! Pauvre Rousseau ! » Il s'occupa de faire élever au maître du paysage français, dans le cimetière de Barbizon, un monument digne de lui ; et il eut la touchante et poétique pensée de le composer de rochers empruntés à la forêt de Fontainebleau, et d'y planter un chêne et des houx.

Pendant de longues années, Puvis de Chavannes, Delaunay, et Gustave Moreau ont vécu dans l'intimité la plus complète, devenue parmi les peintres un des exemples

les plus touchants de la parfaite union, entre artistes, de sentiments, d'idées, et d'ambitions. Ils avaient fondé un atelier collectif, où, pendant quinze ans, ils donnèrent simultanément leurs leçons et leurs conseils à un groupe de jeunes gens qu'ils entouraient d'une affection toute paternelle. Presque chaque soir, ils se retrouvaient à la même table dans un restaurant, et ils ne se quittaient que fort tard dans la nuit, après de longues promenades sur les boulevards ou dans les rues du quartier de Montmartre qu'ils habitaient tous les trois, ou après avoir, au moins une fois par semaine, passé la soirée chez l'un deux, en compagnie de Gounod, à faire de la musique et à chanter.

Les architectes ont fait une sorte de légende parmi eux de l'amitié de Labrouste, Duban, Duc, et Vaudoyer. Tous les quatre furent pensionnaires de l'Académie de France à Rome, de 1823 à 1826. Ils se lièrent par leur mutuel enthousiasme et leur mutuel amour du travail, autant que par une affinité complète d'idées originales et d'ambitions élevées, qui avaient fait d'eux, avant d'avoir quitté l'école, de véritables maîtres. Née dans l'intimité familiale de leurs ateliers de la villa Médicis, où ils avaient pris l'habitude de se réunir à tour de rôle, chaque soir, pour causer d'architecture, leur amitié fraternelle s'était développée et fortifiée dans les voyages nombreux qu'ils firent ensemble, sinon deux à deux simultanément, à pied et en voiture, à travers la Sicile, la Toscane, et l'Ombrie, pour étudier les monuments grecs de Ségeste, Sélinonte, Agrigente, Syracuse, etc., les chefs-d'œuvre de la Renaissance, à Florence, Pise, Sienne, Assise, etc. ; et, elle continua, toute leur vie, dans la même communauté d'idéal et de foi artistique. Trente ans après, Duban dessinait un jour et envoyait à ses amis deux compositions dans le goût antique, intitulées : *les Illusions de Ronciglione*. C'était le mémorial d'une après-midi passée, jadis, dans l'auberge de ce petit bourg de la Campagne romaine, où, grisés un peu par quelques fiasques de vin d'Orvieto, ils s'étaient disputés plus que de coutume sur un point de philosophie de l'art.

DAUBIGNY
PEINTRE PAYSAGISTE
1817-1878.

———

PRINCIPALES ŒUVRES

La Vallée d'Optevoz; — Mare dans le Morvan;
Bords de l'Oise: — Verger au printemps;
La Maison de la mère Bazot; — Un Pré à Valmondois;
Un Moulin à Dordrecht.

A leurs débuts dans la vie artistique, Meissonier, Stein-heil, Trimolet, Daubigny, et Geoffroy Deschaumes fondè-rent un véritable phalanstère, sous l'inspiration de cette noble idée que l'art doit servir à moraliser la société. Aux termes du contrat d'association signé par tous, quatre d'entre eux devaient travailler d'arrache-pied pour fournir au cinquième les ressources dont il avait besoin pour se consacrer exclusivement, pendant l'année, à une œuvre d'un caractère élevé, tant au point de vue social qu'au point de vue religieux. L'association loua à frais communs une maison avec atelier, dans la rue des Amandiers, à Bel-leville. Trimolet fut le premier désigné par le sort pour bénéficier du travail collectif de ses camarades; il peignit un tableau représentant des sœurs de charité distribuant des soupes aux pauvres, qui répondait bien au programme imposé. L'année suivante, Steinheil était appelé à conti-nuer la mission sociale; il fit une composition où l'on voyait un homme en prière, sur le haut d'une montagne, harcelé par les sept péchés capitaux. L'association ne dura que trois ans. Meissonier s'était marié avec la sœur de Steinheil, puis Daubigny avait pris femme aussi; mais les phalanstériens n'en conservèrent pas moins des relations intimes, que la mort seule put dénouer.

Pendant que J.-F. Millet, Th. Rousseau, Diaz, Jacque, etc., colonisaient la forêt de Fontainebleau, Corot, Jules Dupré, Barye, Lavieille, et trois des membres du fameux phalanstère artistique de la rue des Amandiers, dissous par la retraite de Meissonier, après son mariage, Dau-bigny, Geoffroy Deschaumes, et Steinheil, s'installaient dans l'île Saint-Louis, en plein cœur du vieux Paris, et y formaient une véritable colonie urbaine. Tous les soirs, après la journée de travail, on se réunissait dans l'atelier

de l'un d'eux; et, c'étaient des conversations interminables
sur l'art, sur l'idéal, etc. Il n'y avait pas une joie, une
bonne fortune, une douleur, une peine, arrivant à l'un
d'eux, qui ne fût commune à tous. La famille et les enfants
étant venus aux uns et aux autres, la colonie essaima successivement sur les bords de l'Oise, découverts par Jules
Dupré, à Auvers, et à Valmondois.

Tous les grands artistes de cette période ont pratiqué
entre eux, d'une façon spirituelle et joyeuse, la fraternité
artistique la plus touchante. Les exemples en abondent.
En voici quelques-uns pris au hasard dans les souvenirs
de leurs contemporains :

C'est Jules Dupré qui, à force d'instances amicales, fait
acheter par un amateur de l'Isle-Adam, M. Binder, les *Glaneuses* de J.-F. Millet, un des premiers tableaux qu'il ait
vendus, et le fait payer la somme de deux mille francs,
somme relativement importante pour ce temps, et pour le
peintre alors dédaigné.

C'est Diaz qui court tous les marchands de tableaux de
Paris pour trouver quatre cents francs dont J.-F. Millet a
besoin pour éviter une saisie d'huissier, et qui les apporte
joyeusement au grand paysagiste. « Vive Diaz! Vive la
chair! Vive le soleil! » crie à tue-tête J.-F. Millet, pour
remercier en peintre son ami dévoué.

Troyon, qui commençait à vendre assez bien ses tableaux,
longtemps refusés par les amateurs, passe un matin devant
la boutique d'un marchand de peintures, Beugnet; il y
aperçoit un tableau de Delacroix : *Jésus endormi sur un
bateau pendant la tempête*. Aussitôt, il l'achète seize cents
francs. Peu de temps après, Delacroix apprit cette acquisition; il s'empressa d'en aller remercier Troyon, et, en
témoignage de reconnaissance, il lui offrit un superbe
Lion.

Un jour, Corot apprend que Daumier, devenu aveugle et n'ayant plus aucunes ressources pour vivre, ne pouvant plus travailler, allait être expulsé de la maison qu'il habite à Valmondois, faute de payer son loyer. Alors, il prend le train, va trouver le propriétaire de la maison, achète l'immeuble, le paye séance tenante, et, le soir même, en fait porter par le propriétaire lui-même à Daumier les titres de propriété, avec une carte qui contient simplement ces mots :

« Cette fois, je défie bien ton propriétaire de te mettre dehors.

« Corot. »

Daumier lui répondit :

« Tu es le seul homme que j'estime assez pour pouvoir en accepter quelque chose sans rougir. »

Ribot et Daubigny, qui étaient amis intimes, surent un jour qu'un jeune peintre de leur connaissance, ardemment épris d'une jeune fille, se la voyait impitoyablement refuser par ses parents, parce qu'il n'avait pas d'argent pour se mettre en ménage. L'un et l'autre, à ce moment, se trouvaient aussi, très fâcheusement, en état d'impécuniosité complète. Comment faire pour tirer de ce cruel embarras les amoureux? Ils décidèrent de peindre immédiatement un tableau très soigné, et ils envoyèrent les deux toiles au jeune artiste avec ce petit mot : « Vends-les; et si tu réussis à les bien vendre, tu nous rembourseras en nous prenant comme témoins à ton mariage. » C'est ce qui arriva. Peu de temps après, Ribot et Daubigny étaient de noce; ils s'y amusèrent comme des fous.

FIN

TABLE DES GRAVURES

———o§☙§o———

TABLE DES CHAPITRES

———❧|◎|❧———

SOCIÉTÉ ANONYME D'IMPRIMERIE DE VILLEFRANCHE-DE-ROUERGUE
Jules Bardoux, Directeur.

Librairie CH. DELAGRAVE, 15, rue Soufflot. Paris

LES ARTS
DE
L'AMEUBLEMENT

PAR

HENRY HAVARD

Inspecteur Général des Beaux-Arts
Membre du Conseil Supérieur

Collection publiée sous le Haut Patronage

DE L'ADMINISTRATION DES BEAUX-ARTS

Couronnée par l'INSTITUT (Prix BORDIN)

et honorée des Souscriptions
DU MINISTÈRE DE L'INSTRUCTION PUBLIQUE, DE LA VILLE DE PARIS
DES CHAMBRES DE COMMERCE DE PARIS, LYON, MARSEILLE, ETC.

12 volumes imprimés avec luxe
contenant chacun la monographie d'un art spécial
et illustrés chacun de cent gravures environ

Ces **12** volumes forment **4** Séries

LA MENUISERIE	LES BRONZES D'ART	LA VERRERIE	L'HORLOGERIE
L'ÉBÉNISTERIE	L'ORFÉVRERIE	LA CÉRAMIQUE *(Histoire)*	LA DÉCORATION
LA TAPISSERIE	LA SERRURERIE	LA CÉRAMIQUE *(Fabrication)*	LES STYLES

Chaque volume in-8°, élégamment relié en toile
fers spéciaux, tranche rouge
Prix : **2 fr. 50**

Les douze volumes réunis dans un élégant étui
Prix : .**30** francs

Imp. Lejeune et Vacher, 7, rue de Médicis, Paris.